은퇴 후, 행복한 후반부 삶을 계획하는

님께

인생 후반부, 새로운 삶을 건강하게
멋지고 행복하게 살아가시길
기도드립니다.

이병국(淨泉) 드림

은퇴 후 삶,
어떻게 살아야 축복인가

은퇴 후 삶,
어떻게 살아야 축복인가

초판 1쇄 인쇄일 2024년 10월 4일
초판 1쇄 발행일 2024년 10월 15일

지은이 이병국
펴낸이 양옥매
디자인 표지혜 송다희
마케팅 송용호
교 정 조준경

펴낸곳 도서출판 책과나무
출판등록 제2012-000376
주소 서울특별시 마포구 방울내로 79 이노빌딩 302호
대표전화 02.372.1537 **팩스** 02.372.1538
이메일 booknamu2007@naver.com
홈페이지 www.booknamu.com
ISBN 979-11-6752-533-8 (03800)

은퇴 후 삶,
어떻게 살아야 축복인가

글 이병국(淨泉)

책과나무

추천의 글

■

오십 년 행복의 길

이성원
청소년도서재단 이사장

100세 인생, 후반생 50년에 접어들면 누구나 네 가지 걱정 거리에 사로잡힙니다.

'돈'과 '병' 그리고 '할 일'과 '고독'이지요.

저자 이병국 회장은 전 반생 50년 동안에 평생 하고 싶은 일 을 다 해 보았습니다.

청장년 시절엔 세계 최빈국에서 벗어나려는 수출입국의 국 가 시책에 발맞추어 국내외 여러 곳에 기지를 두고 오랫동안 무역업에 종사하였습니다. 바쁜 일정에도 틈을 내어 미국 대 학에서 MBA 학위도 취득하였습니다.

노후까지 지속되는 봉사활동에도 일찍 참여하여, 가톨릭 봉 사활동은 30년에 걸치고, 한 · 미 · 중 · 일, 4개국인을 위한 혼례 주례는 7백 회를 넘어섰습니다. 그런 일에 대한 열정이 노후 4대 고민도 날려 보내고, 70세 후반인 지금에도 젊은이 못지않은 활력을 가져다주었습니다.

16세기 프랑스의 인간학의 태두 몽테뉴는 그의 『수상록』에 이렇게 적었습니다.

"자기 존재를 제대로 즐길 줄 아는 사람은 신의 경지에 가까운 완전한 삶을 사는 것이다(The man who knows how to enjoy his existence as he ought has attained to an absolute perfection, like that the gods)."

그리고 말미에 이렇게 결론지었습니다.

"가장 바람직한 인생이란, 기적이나 허황된 것을 바라지 않고, 상식적이고 인정 어린 삶을 질서 있게 사는 것이다(The finest lives are those which conform to the common and human model, in an orderly way, with no marvels and no extravagances)."

저자 이병국 회장이 걸어온 지난 70여 년은 의도하지 않고도 몽테뉴의 길과 잘 어울려 보입니다.

이제 저자는 자신의 경험과 보고 들은 견문 그리고 저자 자신이 미처 실행해 보지 못했던 아쉬운 대목까지를 합쳐 가까운 친지들에게 전하고 싶은 것입니다.

■

인생 후반부 삶에서
신앙을 갖고 행복하기를

장혁준 사도요한
천주교 서울대교구 광장동성당 주임신부

저자 이병국 스테파노 형제는 평신도 사도직 기도 모임인 레지오마리애 단원으로서 30년 이상 봉사활동을 해 오고 있는 천주교 신자입니다.

형제가 저술한 이 책은 은퇴를 준비하거나 은퇴한 이들을 위한 제안으로, 은퇴자로서 생각하는 행복한 은퇴 후 삶을 준비하는 과정에서 알아야 할 필요한 내용을 진솔하게 다양한 방법으로 삶의 길을 제시하고 있습니다.

천주교 레지오마리애 단원으로서 선교 차원에서 하고 싶은 말을 본 저서를 통해 글로 옮겼다 생각되며, 종교가 없이 은퇴 후 제2의 삶을 사는 분들이 이 저서를 통해 신앙을 갖고 새로운 후반부 삶에서 신앙인으로 행복하게 살아갈 수 있기 바랍니다.

은퇴하는 이들에게 중요한 메시지를 전하는 본 저서의 출간을 기쁘게 생각하며, 은퇴 후 삶의 길을 제시하는 저서로 추천의 글을 쓰게 되었습니다.

후반부 제2의 삶을 행복하게 인도하는 안내서가 될 것을 기대하며, 이 책을 읽고 독자들이 행복한 후반부 인생을 살아가는 데 큰 도움이 될 수 있기를 기도드립니다.

인생 후반부
행복한 삶을 여는 길

현중순
사단법인 한국전례원 본원장

저자 이병국 회장이 저술한 이 책은 은퇴를 준비하거나 은퇴한 이들을 위한 자기계발서로, 어디에서도 찾아볼 수 없는 내용의 글로 채워져 있습니다.

누구나 평생 종사하던 일자리에서 은퇴를 맞게 되었을 때, 자신이 감내해야 하는 상실감이 클 수도 있을 것입니다. 이런 이들을 위해 희망의 메시지를 전달하는 인생 나침판을 세상에 드러내 보이심에 감사한 마음 전하며 기쁘게 생각합니다.

저희 ㈜한국전례원은 1996년 법인 설립 허가를 받아 인성교육의 기본이며, 첫째로 손꼽는 예절 문화를 전수하는 요람으로 한국인의 생활문화를 익히고 교육하는 과정을 실시해 왔으며, 수많은 예절지도사, 주례전문인 등 훌륭한 인사를 배출해 왔습니다.

앞으로 평생 사회 교육 기관으로서 역할을 위해 부단히 노력할 것입니다. 이때 이병국 회장께서 이 시대를 살아가는 이들에게 행복하고 풍요로운 삶의 길을 제시하는 책을 출간하게 되어 매우 뜻깊게 생각합니다.

제2의 후반부 인생을 더욱 윤택하게 그리고 바른길로 안내해 주는 좋은 지침서가 될 것으로 믿으며, 많은 분들이 이 책을 읽고 행복한 후반부 삶을 살아가시기를 기대합니다.

은퇴 후 행복한
삶을 살기 위해서는

이정섭
배우

저자 이병국은 본인과 같은 양정중·고를 졸업했으며 중 1, 2, 고 3에 같은 반을 보냈다.

이 책은 은퇴를 준비하거나 은퇴한 이들을 위한 제안으로, 은퇴자로서 생각하는 은퇴 후 축복된 삶을 준비하는 과정에서 알아야 할 꼭 필요한 내용들을 진솔하게 다양한 방법으로 제시하고 있다는 점이 마음에 와닿는다.

은퇴하는 이들에게 중요한 메시지를 전하는 본 저서 출간을 축하하며, 인생 후반전 삶의 길을 상의하듯 제시하는 저자의 여유로운 마음이 느껴지는 저서로 추천의 글을 쓰게 되었다.

은퇴 후 제2의 인생을 행복하게 인도하는 안내서가 될 것으로 믿으며, 독자들이 이 책을 읽고 달라진 행복한 후반부 삶을 살아가는 데 도움이 될 수 있기를 기대한다.

은퇴 후 삶을 보다
적극적으로 행복하게 사시기를

한경아
문화기획연출가

　이병국 회장이 저술한 이 책은 은퇴를 맞이한 모든 이들에게 꼭 필요한 안내서입니다. 은퇴는 커다란 변화와 상실감을 동반하지만, 이 책은 그러한 시기를 따뜻하고 긍정적으로 변화시킬 수 있는 지혜의 이야기입니다.

　저자는 인생 후반부를 어떻게 풍요롭고 행복하게 살아갈 수 있는지에 대해 세심하게 조언합니다. 실제 사례와 구체적인 방법론을 통해 은퇴 후 삶의 질을 높이는 데 필요한 실질적인 다양한 내용을 담고 있습니다.

　이 책을 읽는 독자들은 자신의 은퇴 후 삶을 보다 적극적으로 그리고 행복하게 설계할 수 있는 영감을 얻게 될 것입니다.

　은퇴를 준비하거나 이미 은퇴한 이들에게 저자의 배려 깊은 글이 큰 힘이 되어 줄 것입니다. 이 책을 통해 여러분도 행복한 은퇴 생활을 만나시길 기대합니다.

은퇴 후 마음을
행복하게 하려면

황우주
리더스클럽 멤버

올해 10월 '양정고 졸업 60주년 기념행사'를 앞두고 양정고 동기모임인 '리더스클럽' 이병국 회장의 저서 출간을 응원합니다.

이 책은 무엇을 손에 넣기 위한 책이 아니라, 내 의식의 밑바닥을 훑은 깊이로 당신과 나를 사랑하는 책입니다.

이병국 회장은 6년 전 멤버 양서준 친우 선종 시 미국에서 달려온 그의 딸과 함께 고인의 장례를 치러 주었으며, 고인의 묘소를 리더스클럽 멤버는 연 1회 참배하도록 배려하고 있다.

저자는 은퇴 후 삶을 어떻게 살아야 축복인지 본인 삶을 기반으로 실질적인 조언을 하고 있다.

'은퇴 준비 방법' 외에도 '나이 들어 건강관리법', '급성질환 위급 시 대처 방법', '은퇴 후 종교가 필요한 이유', '알아야 할 상식' 등 읽는 즐거움도 있는 다양한 내용을 다루고 있다.

독자들은 이 책을 통하여 행복한 후반부 삶을 잘 설계할 수 있기 바란다. 은퇴 후 삶에 대한 마음을 밝게 해 주는 '보배로운 책'으로 추천의 글을 전한다.

늘어난 수명, 축복이 되게 하는
노년 생활 설계서

은퇴 후 삶의 시작은 유비노환(有備老患)입니다.

젊어서부터 은퇴 후 삶에 대한 준비를 해야 하지만, 한국의 대부분 은퇴를 맞는 이들은 젊어서 열심히 일하고 자식들 공부시키고 출가시키고 나면 준비 없이 은퇴를 하게 되며, 노년을 준비한 은퇴자는 그리 많지 않습니다.

늘어난 수명 축복일까요, 재앙일까요? 준비되지 않은 사람에게 늘어난 수명은 결코 축복일 수만은 없습니다. 한국은 이미 독거노인이 125만을 넘어섰으며, 해마다 늘어나는 노인 자살률도 이제 위험 수위까지 왔습니다. 이는 준비 없이 인생 후반부를 살고 있는 어른들의 문제이기도 합니다.

은퇴는 자신의 인생 과업을 일단락하고 정리하며 남은 생에 대한 새로운 계획을 세우고 자기실현을 하는 중요한 시기입니다.

매사를 긍정적으로 받아들이고 주어진 생활에 만족하는 성숙한 자세가 필요한 시기입니다. 인생 전반전에서 열심히 성공적으로 살았으니 은퇴 후 후반부 삶은 편안하게 쉬며 살겠다고 생각할 수도 있지만 어떻게 살지도 목표를 정해야 할 것입니다.

수명 100세 시대를 맞이하여 세상 흘러가는 대로 산다면 보람된 노후를 기대할 수 없습니다. 은퇴는 인생의 끝이 아니라 새로운 삶의 시작이며, 은퇴 전 하지 못한 꿈을 멋지게 이루는 시기입니다.

"인생의 전반부가 강요받는 삶이었다면 후반부는 선택하는 것이다."라는 쇼쉐너 주버프의 말처럼, 은퇴 후 아름다운 노년의 삶을 만들기 위해서는 내가 선택하는 삶을 내 주도적으로 살아가는 것이 중요합니다.

삶은 하늘이 주신 것이지만 행복은 내가 만들어야 하는 것!

"인생에서 원하는 것을 얻기 위한 첫 번째 단계는 내가 무엇을 원하는지 결정하는 것이다."라는 벤 스타인의 말처럼 은퇴하였다면 이제부터 내 인생을 어떻게 살아갈지 방향과 목표를 정하고 살아갈 때, 은퇴 후 후반부 인생 여정은 행복한 삶이 될 수 있을 것입니다.

그렇다면 은퇴 후 삶의 방향과 목표를 정해야 하는 이유는 무엇일까요?

첫째, 목표가 있어야 집중하는 삶을 살게 되기 때문입니다.

둘째, 목표를 이루기 위하여 어려움 속에서도 인내하며 노력하게 되기 때문입니다.

셋째, 목표 달성 후 성취감을 느낄 때 후반부 인생에서 큰 행복을 찾게 되며 노년에 '자기실현'이 극치의 기쁨을 안겨 주기 때문입니다.

중요한 것은 나이 들어서도 무언가 내가 할 일(목표, 취미, 여행, 평생 공부 실현 등)이 있어야 한다는 것입니다. 아무 준비 없이 은퇴 후 할 일 없이 무료한 시간을 보내며 노후 생활을 힘들고 불행하게 사는 이들이 얼마나 많은지 생각해 봐야 합니다.

'프랑스 정신의 아버지'라 불리는 몽테뉴는 은퇴 후 글 쓰는 것에 집중했고 '어떻게 살 것인가?'에 대한 『수상록』을 집필했습니다. 글쓰기로 우울증에서 벗어났고 남들보다 두 배의 행복을 삶에서 누렸다고 회상했으며, 『수상록』 마지막 절을 이렇게 마무리 지었습니다.

"자신의 존재를 제대로 즐길 줄 아는 사람은 신과 같은 절대적 완성의 경지에 도달한 것이다."

여기에서 '자신의 존재'란 자기의 '욕망과 재능'을 이릅니다.
결국 '자기실현'이 극치의 기쁨을 안겨 준다는 것입니다.

더욱 중요한 것은 노후에 생계에 쫓기지 않기 위해서는 은
퇴 준비 노후 생계자금을 연금, 퇴직금, 저축금, 주택연금 등
으로 돈 걱정 없이 살아갈 수 있는 준비가 되어 있어야 한다는
점입니다.

은퇴 후 노후 생계비 준비를 위해 평생 해 보지 않은 사업,
퇴직금을 올인한 창업 등은 성공도 보장이 어렵지만 자칫하면
빈곤층으로 전락하게 될 수도 있기에 신중을 기해야 합니다.

이를 위해 은퇴자로서 기본적인 '은퇴 준비 방법' 외에도 '인
생 후반부를 살아가는 데 필요한 다양한 정보', '건강관리',
'급성질환 위급 시 대처 방법', '자녀 교육 방법', '은퇴 후 종교
가 필요한 이유', '경조 단자 및 봉투 쓰기', '알아야 할 상식'
등 삶에 필요한 내용을 독자들에게 전하고자 하였으며, 읽는
즐거움도 있도록 구성하였습니다.

본 저서 출간을 위해 아낌없는 지원과 도움을 주신 '도서출
판 책과나무' 양옥매 실장님과 교정, 디자인 담당자에게도 깊
은 감사의 마음을 전합니다.

추천의 글을 써 주신 분들께도 깊은 감사드리며, 든든한 응원을 해 준 나의 아내 김명희와 큰딸 유진, 둘째 수정에게도 고마운 마음을 전합니다.

끝으로, 인생 후반부를 살아가는 모든 이들에게 이 책이 도움이 되기 바라며, 여러분 모두가 행복하고 멋진 후반부 인생을 설계하여 즐길 수 있기를 기도드리겠습니다.

2024년 10월

이병국(淨泉) 스테파노

차례

Part 1 ✳   은퇴, 끝이 아닌 새로운 삶의 시작

Part 2 ✳ 아름다운 인생 후반부를 준비하는 삶

Part 3 ✳ 건강한 인생 후반부를 위하여

Part 8 ✳   당당한 노년 생활을 위하여

Part 9 ✳   노년을 행복하게 사는 지혜

Part 10 ✳   나이는 마음먹기에 달렸다

세상에서 가장 강한 사람은 자기를 이기는 사람이고

가장 부유한 사람은 만족할 줄 아는 사람이며

가장 지혜로운 사람은 배우는 사람이고

가장 행복한 사람은 항상 감사하며 사는 사람입니다.

Part 1

*

은퇴, 끝이 아닌
새로운 삶의 시작

은퇴 후
다섯 가지 라이프 스타일

심리학자 라이카르드는 '은퇴자의 다섯 가지 유형'을 다음과 같이 정리했다.

첫째는 성숙형이다. 무슨 일을 하든 아주 즐겁게 하는 사람들이다.

둘째는 안락형이다. 젊어서 할 만큼 했으니 이젠 좀 편히 쉬어야겠다는 사람들이다.

셋째는 무장형이다. 나이 들어도 바빠야 한다고 부지런히 뛰는 사람들이다.

넷째는 분노형이다. 이들은 자신의 인생 목표를 모두 달성하지 못하고 은퇴했다며 비통해한다. 또한 실패 원인을 다른 곳으로 돌려 남을 질책하고 은퇴 후 자신의 처지를 인정하지 않으려 한다.

다섯째는 자학형이다. 이들도 은퇴 후 자신의 삶을 실패로 보고 비통해한다. 그러나 분노형과 달리 그 원인을 자기 자신에게 돌리고 자신을 꾸짖는다.

이 중에서 성숙형이 가장 이상적이라고 한다면, 안락형과 무장형은 비교적 잘 적응한 경우이며, 분노형과 자학형은 현실 적응에 곤란을 겪고 있다고 할 수 있다.

따라서 현재 은퇴한 사람이라면 또는 은퇴를 앞두고 있다면 과연 자신은 어떤 유형인지 돌아볼 필요가 있다.

은퇴 후 스트레스를 예방하고 극복하기 위해서는 지금까지의 일을 정리하고 새로운 계획을 세우는 재충전의 기회를 갖도록 해야 한다.

그동안 일 때문에 바빠 평소 하고 싶었던, 그러나 하지 못했던 일에 관심을 갖고 시작해 보는 것이 좋다. 단, 전보다 더 규칙적인 생활과 영양, 운동으로 생활 리듬을 잃지 않도록 해야 한다.

또 가족과 서로 이해하도록 노력하고 가족 구성원의 마음을 헤아려 본다. 항상 완벽하게 하거나 꼭 성공하지 않으면 안 된다는 강박 관념에서 벗어나는 여유를 가져야 한다.

은퇴는 자신의 인생 과업을 일단락하고 정리하며 남은 생에 대한 새로운 계획을 세우는 중요한 시기다. 따라서 매사를 긍정적으로 받아들이고 주어진 생활에 만족하는 성숙한 자세가 필요하다. (공감하는 좋은 글 중에서)

상기 다섯 가지 유형과 관계없는 이가 있을 수도 있으나, 자신의 지나온 삶을 돌아보고 보너스로 주어진 인생을 어떻게 살아갈지 삶의 방향을 현실에 맞게 세우는 것이 현명한 길이다.

현실이 넉넉하든 그렇지 못하든지 상황에 맞게 후반부 삶의 최선의 방법을 찾고, 이를 위해 가족과 상의하여 보너스 인생의 활로를 긍정적으로 계획하기 바란다.

은퇴 후 절대 하면 안 되는
5가지 결정

은퇴를 앞두고 또는 은퇴 후 절대 하면 안 되는 다섯 가지는 다음과 같다.

첫째, 준비 없는 은퇴. 그런데 실제로 노후 준비를 위한 교육 경험은 불과 2.8% 정도에 지나지 않는다고 한다.

둘째, 준비 없는 창업. 은퇴 후 창업률이 72.3%에 육박하는데, 5년간 생존할 확률 17.5%에 불과하다고 한다.

셋째, 과도한 자녀 교육비와 자녀 결혼 비용 지출.

넷째, 너무 이른 재산 증여나 상속.

다섯째, 고수익을 노린 투자. 금융사기 가능성이 크기 때문이다.

은퇴 후 인생 후반부 삶을 시작할 때 심사숙고해서 결정해야 할 사항들이라 본다. (공감하는 좋은 글에서)

가능하다면 상기 다섯 가지 중 한 가지의 실수라도 범하지 않는 것이 최선의 방법이지만, 적어도 주위 분위기와 상황 때문에 대책 없는 결정으로 은퇴 후 삶이 최악의 사태로 가는 치명적인 실수가 없기 바란다.

은퇴 후 삶에 대한 계획을 세운 후 여유를 갖고 후회하는 일이 없도록 상기 다섯 가지의 결정은 신중하게 판단하고 결정해야 할 것이다.

좋은 선택을
하는 습관

우리는 일생을 살아 나가는 데 있어 수많은 결정을 해야 한다. 새로운 오늘 하루가 나의 작은 인생이므로 하루를 보람되게 보내기 위한 후회 없는 선택을 해야 한다.

따라서 나 자신이 결론을 내리기 어렵다고 판단되면 전문가에게 자문을 요청하여 도움을 받거나 인터넷, 관련 서적, 정보 등을 통하여 현명한 결론을 얻을 때까지 답을 구하는 노력이 절실히 필요하다.

과거 역사를 돌이켜 보면, 200여 년 전 미국 서부 개척 시기에 유행처럼 많은 사람들이 금을 캐기 위해 서부(캘리포니아)로 몰렸다.

이때 금 캐기에 성공한 한 사람이 더 많은 금을 캐기 위해 큰돈을 들여 거대한 채굴기를 만들어 금을 캐려고 부단히 노력했지만, 더 이상 금이 나오지 않자 하는 수 없이 비싸게 돈 들여 만든 채굴기를 고철값으로 팔아넘기고 도산하였다.

그러나 이 채굴기를 헐값에 구입한 새 주인은 즉시 지질학자 및 전문가의 자문을 받아 전 채굴업자가 금 캐기를 중단한 직전 지점 1m 앞에 큰 금맥이 있는 것을 발견하고 많은 금을 캐내어 아주 큰 부자가 되었다고 한다.

금 채굴업자는 고생만 하고 더 많은 금 캐기에 실패했지만, 채굴기를 싼값에 구입한 사람은 바로 전문가의 도움을 받아 부자가 되어 성공한 것처럼 우리가 일생을 살아 나가면서 내리는 판단과 결정은 인생을 성공과 실패로 만드는 중요한 전환점이 된다.

성공하는 사람들은 어려움에 처했을 때 포기하지 않고 자기보다 나은 사람, 전문가를 찾아 도움을 받고 해결 방법을 구한다.

이렇듯 많은 사람들이 성공을 원하지만 성공하는 사람은 문제 해결 방법이나 자세가 보통 사람과 다르다. 『성공한 사람들의 자기관리 법칙 1・2・3』(저자 이채윤)에서 수많은 사람들이 성공을 이루지 못하고 실패하는 가장 큰 이유는 성공하기 직전에 포기하기 때문이라고 했다.

오십 대 한 목사가 평생토록 소원하던 책 한 권을 내기 위해 원고를 써서 많은 출판사에 보냈지만, 아무도 그의 원고에 관심을 가져 주지 않았다. 몇 번의 거절을 당한 그는 절망감에 그 원고들을 쓰레기통에 던져 버렸다.

이에 놀란 그의 부인이 말했다.

"여보, 적극적인 사고방식으로 살라고 말해 놓고서 이 정도에서 포기해 버리면 어떻게 해요?"

"틀렸어! 출판도 안 되는 원고를 쓰느라 괜히 시간만 낭비했어."

그러나 그의 부인은 다음 날 그 원고를 들고 다른 출판사를 찾아갔다. 다행히 한 출판사 사장이 그 원고를 매우 흥미로워하더니 출판을 약속했다.

"그것 보세요. 조금 더 노력했더라면 되는 일이었잖아요."

부인의 핀잔에 목사는 부끄러움을 느끼며 할 말을 잊어버렸다.

쓰레기통에 던져져 영원히 빛을 보지 못할 것 같았던 그 원고는 책으로 출간되자 불티나게 팔리는 초 베스트셀러가 되었다. 그 책의 제목은 『적극적 사고방식』이고, 저자는 '노먼 빈센트 필' 박사다.

성공하는 사람은 결코 포기하지 않는다. 성공할 때까지 성공 방법을 찾아내는 것이 보통 실패하는 사람과 다를 뿐이다.

실패했던 경험이 있는 여러분의 성공을 향한 노력을 응원합니다.

고정관념이 깨질 때
답이 보인다

끝없는 망망대해에서 배 한 척이 암초에 부딪혀 가라앉고
말았다. 천신만고 끝에 살아남은 아홉 명의 선원들은 어느 무
인도에 도착했다. 그러나 그들의 상황은 최악이었다. 허기를
채울 만한 음식도 마실 물도 없었다.

사방이 모두 물이었지만, 바닷물은 너무 짜고 써서 전혀 도
움이 안 된다는 사실을 선원들은 잘 알고 있었다. 그들에게
유일한 희망은 하느님이 비를 내려 주시거나 지나가는 선박이
구조해 주는 것이었다.

그러나 기다리고 기다려도 비는 오지 않았고, 선원들은 차
례로 죽어 갔다. 결국 단 한 명의 선원만이 남았다.

그는 타는 갈증을 더 이상 참을 수 없어 가까스로 몸을 일으
켜 바다로 뛰어든 다음 정신없이 바닷물을 마셨다. 짜거나 쓴
맛은 전혀 느낄 수 없었다. 오히려 물맛이 너무 달아 갈증이
단번에 해소되었다.

그는 뭍으로 올라와 조용히 누워서 죽음을 기다렸다. 한참

을 자고 일어난 선원은 자신이 아직 살아 있다는 사실에 깜짝 놀랐다. 기이한 일이라고 생각했지만 매일 이 바닷물로 연명하는 수밖에 없었다. 마침내 기적처럼 구조 선박이 나타났다.

후에 이 바닷물을 분석해 본 결과, 이곳은 지하수가 계속 흘러가는 지대여서 식수로 사용할 수 있는 샘물임이 밝혀졌다.

고정관념은 문제를 해결하지 못한다. 고정관념이 깨질 때 답이 나온다. 문제가 없는 사람은 없다. 그래서 철학자 '카를 포퍼'는 이렇게 삶을 정의한다.

"모든 삶은 근본적으로 문제 해결이다."
필자는 이 말 한마디를 덧붙이고 싶다.
"이 세상에 답이 없는 문제는 없다."[1]

어떤 문제가 생겼을 때 고정 관념을 버리고 안 된다는 부정적인 사고에서 벗어나 긍정적인 사고로 전환하여, 수직적이 아닌 수평적인 사고로 다양한 방법의 문제를 해결하는 방법을 찾는 것이 성공하는 삶의 지름길이라 본다.

---

1   차동엽 신부, 『무지개 원리』, 동이, 82쪽.

당신의 인생을 바꾸어 줄
90:10의 법칙

미국 코비리더십센터의 창립자 스티븐 코비의 '당신 인생을 바꾸는 90대10의 원칙'에 의하면, 당신 인생의 10%는 당신에게 일어나는 사건들로 결정된다. 나머지 인생의 90%는 당신이 어떻게 반응하느냐에 따라 결정된다고 한다.

우리는 인생에서 일어나는 10%를 전혀 통제하지 못한다는 것이며, 나머지 90%는 다르다는 것이다. 그 남은 90%를 바로 당신이 결정하기 때문이다.

예를 들어 설명해 보자. 당신은 가족과 아침 식사를 하고 있다. 당신의 딸이 커피잔을 엎어서 당신의 정장 위에 커피를 쏟아 버렸다. 방금 일어난 이 일은 바꿀 수 없다. 그러나 당신이 어떻게 반응하느냐에 따라 다음에 일어날 일이 결정된다.

첫째, 당신이 화를 내는 경우이다.

딸이 커피잔을 엎었다고 혼을 낸다. 딸이 운다. 딸을 혼낸 뒤, 당신은 아내에게 컵을 테이블 끝에 두었다고 비난한다.

그러고는 발소리를 요란하게 내며 2층으로 올라가 옷을 갈아입는다.

딸은 아침도 못 먹고 학교 갈 준비를 제대로 못 마쳤다.

딸이 통학버스를 놓쳤고, 결국 당신은 서둘러 차로 가서 딸을 학교에 데려다준다.

당신은 늦었기 때문에 시속 30마일 구간을 40마일로 달린다. 15분이나 시간을 지체하고, 속도위반 벌금까지 물어 가며 학교에 도착한다. 딸은 당신에게 인사도 하지 않고 학교로 뛰어간다. 회사에 20분이나 지각해 도착하고 나서야 집에 서류 가방을 놓고 온 것을 깨닫는다.

이렇게 당신의 하루는 엉망으로 시작된다.

나쁜 하루를 보낸 이유는 다른 누구도 아닌 당신에게 있다. 당신이 보인 5초간의 반응이 당신의 나쁜 하루를 만든 것이다.

둘째, 당신이 보였어야 하는 좋은 반응이다.

커피가 당신 정장에 쏟아진다. 당신은 다정하게 "괜찮아, 다음부터 조심하면 돼."라고 말한다. 그러고는 타올을 집어 들고 2층으로 올라가 옷을 갈아입는다.

서류 가방을 집어 들고 내려온다. 창밖을 보니, 딸은 통학버스에 오르고 있다. 딸이 뒤돌아보더니 손을 흔든다. 당신은

5분 일찍 회사에 도착하여 동료들을 반갑게 맞이한다.

두 가지 다른 시나리오이다.

둘의 시작은 같았으나 당신이 어떻게 반응하느냐에 따라 결과가 달라졌음을 알 수 있다.

당신은 인생의 10%인 일어나는 사건을 통제할 수 없으나, 나머지 90%는 당신이 어떻게 반응하느냐에 따라 충분히 달라질 수 있다.

90:10의 원칙 실천이 당신 인생을 바꾸어 줄 것이다.

나에게 닥쳐오는 일에 대하여 어떻게 대처하느냐에 따라 당신의 운명과 삶이 성공적 결과로 바뀔 수 있다는 것을 우리는 기억해야 한다.

우리에게 어떤 일이 닥칠 때 90:10의 원칙을 기억하여 이성적으로 90%의 현명한 대처 방법을 찾아 문제를 좋은 방향으로 해결하고, 노년의 삶에서도 지혜롭게 처신하여 어른으로서 삶을 향기롭게 살아야 할 것이다.

자기관리는
자기 자신과의 싸움이다

인생이란 알고 보면 자기와의 싸움이다. 진정으로 싸워 이겨야 할 대상은 타인이나 세상이 아니라 나 자신이다.

1953년 인류 최초로 에베레스트산 등정에 성공한 '에드먼드 힐러리'는 소감을 묻는 기자의 질문에 다음과 같은 멋진 명언을 남겼다.

"내가 정복한 것은 산이 아니라 나 자신이다."

내가 나 자신을 이기면 세상도 이길 수 있지만, 나 자신과의 싸움에서 지면 세상과의 싸움에서도 이길 수가 없다. 모든 문제의 원인도 나요, 해결책도 내 안에 있다는 것이다.

내가 괴롭고 힘든 것은 바로 나 때문이다. 결국 나 자신을 통제하고 나를 이기는 사람이 세상에서 모든 일에 승리할 수 있다는 진실을 잊지 말아야 한다.

여러분도 나 자신을 이기는 삶을 만들어 남은 보너스 인생을 내가 원하는 길로 멋지고 보람되게 또 행복하게 살아갈 수 있도록 힘을 모아 보기 바란다.

후반부 인생에
성공하기 위한 네 가지 충고

이시형 박사의 저서 『행복한 독종』에서 '은퇴 후 인생에 성공하기 위한 네 가지 충고'에 보면 인생 후반전에 성공하기 위해서는 알아야 할 몇 가지 비결이 있다.

첫째, 옛날 명함은 잊어버리자.

제일 딱한 게, 줄 하나 찍 그은 옛날 명함을 내미는 사람이다. 알아서 모시라는 협박 같지만 어쩐지 측은해 보인다. 그냥 자연인 아무개가 오히려 좋지 않을까.

"돈은 깎아도 자존심은 깎지 말라."고 했지만 이건 자존심과는 전혀 상관없는 일이다. 냉엄한 시장원리일 뿐이다. 이 사실을 분명히 하지 않으면 재취업은 요원하다. 이제부터는 과거의 화려한 기억은 툭툭 털어 버리고 맨몸으로 부딪쳐야 한다.

둘째, 젊어서부터 준비하자.

은퇴 이후의 생활을 구체적으로 생각해 본 적이 있느냐는 설문 조사에서 한국의 성인 남녀 84%가 생각해 보지 않았다고 한다. 이게 문제다.

은퇴 준비는 빠를수록 좋다. 20대, 30대부터 시작해야 한다. 적어도 은퇴 후에 어디서, 무엇을 하며, 어떻게 살 것인지 구체적인 청사진을 그려야 한다. 그리고 앙코르 커리어를 위해 무엇이 필요한지, 어떤 자격증이 필요하고, 어떤 공부를 해야 하는지 철저히 준비 해야 한다.

준비된 은퇴와 준비되지 않은 은퇴는 하늘과 땅 차이다. 길어진 30년의 수명은 준비한 이들에게만 축복이 될 것이다.

셋째, 돈보다 더 중요한 가치를 찾아라.

인생 전반전에는 돈이 중요했다. 집 사고 아이들 교육시키고 저축도 해야 했다.

하지만 은퇴 후 세대에게 새 직장은 그 의미와 차원이 다르다. 이젠 자기실현의 장(場)이어야 한다. 경제적 의무감에서 벗어나 하고 싶은 일을 할 수 있기 때문이다.

넷째, 고령자가 장점일 수 있는 틈새시장에 눈을 돌려라.

기업에 들어가는 것만 취업이라는 생각을 버려라. 요즘은 하루가 다르게 신종 직업이 생겨나고 있다. 고령자를 우선 채용하는 틈새시장이나 고령자의 경험이나 지혜가 경쟁력이 되는 일들을 찾아보자.

직원들 평균연령이 70세 이상인 택배회사에 대해 들은 적이 있다. 농촌에서 유기농 농산물을 도시인에게 직송하는 중개업은 어떨까? 당장 일자리가 안 잡히면 사회봉사부터 시작하는 것도 괜찮은 방법이다.

번듯한 책상에 앉아 일하겠다는 욕심만 버린다면 일자리는 사방에 널려 있다. 원하는 한 일을 찾을 수 있다. 자신의 상태, 적성을 파악하고 적극적으로 도전해 보라.[2]

정말이지, 이건 의욕의 문제다.

자, 어떠한가? 생각을 조금만 바꾼다면 세상에 할 수 있는 일은 많다. 용기를 갖고 새로운 도전을 위해 파이팅!

우리가 은퇴 후에도 번듯한 사무실에서 꼭 일해야 할 필요는 없다. 자기 능력에 맞는 직업을 찾아야 한다.

과거에 내가 이런 사람이었다는 것은 잊고 시니어에 맞는 일을 할 수 있는 직장을 찾는 것이 바람직하며, 과거 연봉의 3분의 1 수준에 못 미치는 급여라도 받아들일 수 있는 마음 자세로 직장을 찾는 것이 바람직하다.

2　이시형 박사, 『행복한 독종』, 리더스북, 199~201쪽.

노후 준비,
어떻게 할 것인가?

은퇴는 내 생애에 주어진 마지막 기회이며 선물이다.

은퇴 후 준비는 빠를수록 좋다. 만일 은퇴 후 삶을 어떻게 살지 답이 안 나온다면, 일단 해외로 여행을 떠나라. 다른 나라 사람들은 어떻게 사는지 볼 수 있고, 그곳에서 영감을 얻을 수 도 있을 것이다.

시야의 폭을 넓히려 한다면 여행만큼 사고의 지평을 넓히는 방법은 없어 보인다. 앞으로 내가 어떻게 살지, 본인의 삶에 새로운 출발을 하는 데 필요한 아이디어를 얻을 수 있는 좋은 방법이기도 하다.

■ 은퇴 후 노후 준비 자금이 얼마나 필요한가

은퇴 후 20년을 생존 기간으로 잡았을 때, 최소 월 생활비를 350만원으로 보면 8.4억 원이, 30년간 부부가 생존한다면 12.6억 원이 되므로, 적어도 10억 원 정도는 되어야 은퇴 준비가 되었다고 보며, 노후 준비의 반은 이뤘다 볼 수 있겠다.

■ 은퇴 후에도 돈을 벌기 위한 삶의 방법을 택할 것인가

은퇴 후 노후 준비 자금이 부족하다 판단되면 실버창업은 장려하지 않는다. 그렇다면 재취업으로 경제활동을 해 부족한 돈을 메꿔야 하는데, 내가 지금까지 해 오던 일로 재취업을 할 수 있을지, 어떤 직업이 좋을지 먼저 은퇴한 선배들의 조언을 구해 보는 것도 좋다.

그리고 취업박람회, 전문인 양성 및 기술인력양성 기관인 고용노동부(HRD-Net), www.q-net.or.kr, 각 시(서울은 서울시), 지자체의 기술 교육과정 등 관련 정부기관 및 단체들을 통해 어떤 직업 관련 교육이 있는지, 어떤 자격증 취득이 가능한지 확인해 보고, 재취업 성공 확률을 높일 수 있도록 쇼핑을 해 봐야 할 것이다.

시니어를 위한 재취업, 일자리 정보도 확인하는 노력과 함께 나의 사회적·개인적 인프라를 동원해 길을 찾는 것도 방법이다.

청년 실업 등 취업 경쟁이 심한 시기에 중장년 경력직 사원 일자리를 찾는 것은 쉽지 않으므로, 고령자를 우선 채용하는 틈새시장이나 고령자의 경험이나 지혜가 경쟁력이 되는 일들을 찾아보자.

풀타임 잡이 어려울 때는 가능한 파트타임으로 시작해 일하면서 자신에게 맞는 일자리를 찾는 것도 좋은 방법이 될 수 있다.

참고로 시니어 자격증에는 건축 도장기능사, 한식 조리기능사, 떡 제조기능사, 방수 기능사, 요양보호사가 있으며 신종 직업으로 병원 동행 매니저가 있다.

병원 동행 매니저의 경우 간호사, 간호조무사, 요양보호사, 사회복지사 자격증 중 1개 이상 소유하고 있어야 지원이 가능하다. 단, 상기 자격증이 없으면 사회복지사 2급 자격을 취득해야 하며, 한국 산업인력공단 '온라인 수업을 이수'하면 취득할 수 있다.

상기 시니어 필수 자격증을 얻기 위한 학원 공부, 훈련도 가능하고 '국민내일 배움카드'(발급: 직업훈련포털 HRD−Net 신청)를 신청하면 정부지원금으로 300~500만 원을 받을 수 있고 훈련비용도 지원 가능하다.

자격시험 정보의 경우 한국산업인력공단 큐넷 사이트에서 원서 접수 가능하고, 오프라인 신청은 가까운 지역 고용노동부 '고용복지 플러스센터'(고용노동부 고객상담센터, 지역센터 문의: 국번 없이 1350)에 방문해 문의하고 신청하면 된다.

■ **후반부 인생, 자기실현을 위한 인생을 살 것인가**

후반부 삶의 은퇴 자금이 이미 준비되어 있다면 은퇴 준비의 반은 이룬 것이며, 그간 하지 못했던 취미활동으로 그림 그리기, 사진 찍기, 서예, 악기 연주, 식물 키우기, 수영, 독서, 운동(탁구, 골프, 자전거 타기 등), 스포츠댄스, 학위 취득, 평생교육 참여, 세계 여행, 미국(전 세계) + 한국 반년씩 살기, 제주 및 지방 한 달 살기('리브에니웨어'를 검색하면 저렴한 가격에 30일, 14일, 6일 단위로 집을 구할 수 있다) 등 다양한 취향을 살려 후반부 인생을 윤택하게 할 수 있다.

단, 은퇴 전에는 가정에서 남편이 경제권을 갖고 있었기에 남편 뜻대로 할 수 있었다면, 은퇴 후에는 생활 및 활동 범위가 사회에서 가정으로 바뀌게 되어, 가능한 모든 결정은 아내와 상의하여 결정하게 된다.

따라서 아내와 함께할 수 있는 취미를 권장하며, 그렇지 못한 경우라도 아내가 이해하는 범위 내에서 취미생활을 선택하는 것이 현명한 방법으로 보이며, 가정의 평화와 행복을 기준으로 부부가 함께 즐길 수 있는 생활을 하도록 설계하는 것이 바람직하다.

전기보 박사가 저술한 『은퇴 후, 40년 어떻게 살 것인가』에서 저자의 지인 중 한 분이 가족과 지인들을 초대해서 예순이 되는 해에 '주부은퇴식'을 했다고 한다.

지인 여성분은 은퇴식을 하게 된 이유로 남편처럼 은퇴하고 싶었으며, 이 은퇴식을 통해 새로운 삶을 시작하자는 취지였다고 한다. 주부 역할에서 은퇴했기 때문에 남편으로부터 생활비도 받지 않고 각자가 스스로 경제적으로 독립적으로 생활하는 방식이었으며, 그녀는 그것을 일종의 '지자체를 실시한 것'이라고 표현했다.

주부들도 은퇴 후 행복하게 살기 위해서는 새로운 동기부여가 필요하며, '남편은퇴식'과 '주부은퇴식'이 상징적인 역할을 할 수 있을 것이다. 단, 각자 경제적으로 독립할 수 있는 능력이 있을 경우에만 가능할 것이다.

참고로, 그녀는 현재 가칭 '엔조이교' 교주라고 한다. 여기에서 '엔조이'는 '이성'이 아닌 '인생 자체를 유쾌하게 살자'는 의미이다.

일생에 한 번인 '주부은퇴식'을 가족, 지인과 함께 치르고 새로운 은퇴 후 삶을 시작하는 것도 멋진 출발의 서막이 되리라 본다.[3]

■ 사회에 봉사하는 후반부 삶을 사는 것

개인적으로 능력과 여건이 된다면 전반부 삶에서 사회로부터 받은 혜택을 사회 환원 차원에서 다양한 분야에 참여하여 봉사활동을 한다면, 건강도 지키고 삶의 만족도가 높아지며,

---

3   전기보 박사, 『은퇴 후, 40년 어떻게 살 것인가』, 미래지식, 291, 293, 297, 298쪽.

행복감도 올라가 수명도 연장되는 등 일거양득의 효과를 누릴 수 있다.

자원봉사의 범위는 다양하다. 은퇴자들이 자신의 재능과 지식 및 전문성을 활용하여 사회봉사를 할 수 있다. 예를 들어 의사, 변호사, 법조인, 교수, 공무원, 각 분야 전문인들은 다양한 전문지식을 통하여 지역 사회에 재능기부 봉사를 할 수 있다.

전문인이 아니라도 사회봉사 범위는 다양하다. 지역 복지서비스, 자원봉사로 병원, 학교, 각 지자체, 각 시 · 도 · 구청, 지역 주민자치센터, 민간 봉사단체 등에서 시행하는 봉사는 다양하며 인터넷 검색을 통하여 좋은 정보를 쉽게 찾아볼 수 있다.

"되는 이유를 찾으려면 길이 보인다."는 말처럼 우리가 자원봉사를 하려고 관심만 갖는다면 의외로 이를 필요로 하는 단체나 기관은 세계에 너무나 많다.

"인생의 전반부가 강요받는 것이었다면

후반부는 선택하는 것이다."

쇼쉐너 주버프

Part 2

＊

아름다운 인생 후반부를
준비하는 삶

은퇴 후 삶의
목표를 정하라

은퇴 후 계획은 일찍 세우고 이에 맞춰 준비하면 좋겠지만, 그렇지 못한 경우에는 이제라도 늦지 않았으니 노년을 위한 10년 단위 계획을 세워야 한다.

본인의 현실에 맞게 은퇴 후 남은 삶을 어떻게 살아가야 할지 목표를 정해야 한다는 것이다.

은퇴 후 20~30년은 잠시 지나간다. 더 나이 먹기 전에 할 수 있는 일은 무엇이든지 도전하여 시작하라. 일생 중에 지금이 제일 젊은 때다.

이 나이에 무얼 시작할 수 있겠나 생각하면 아무것도 할 수 없다. 지금이라도 남은 인생의 방향을 정하고 시작하는 것이 더 나이 들어 후회하지 않는 보람된 삶을 사는 길임을 명심해야 한다.

미국 대통령 '지미 카터'는 저서 『나이 드는 것의 미덕』에서 노년을 준비하는 데 가장 중요한 목표는 무엇일까에 대해 이야기한다.

가장 중요한 것이 우리 자신의 행복이라고 말한다면 놀랄 것이다. 하지만 이런 대답을 이기적인 것이라고 볼 수는 없다.

'프로이드'는 인간 생활에서 가장 중요한 두 가지를 일과 사랑이라고 했다. 은퇴 후의 생활이란 어떤 면에서 보면 수동적이고 아무런 활동 없는 인생을 살게 되는 시기이기도 하다. 하지만 모험을 감수한다면 다른 놀라운 대안이 존재할 수도 있다.

은퇴는 이미 지나온 시간과 아직 남아 있는 시간에 있어서 성공적인 인생이란 무엇인지 정의해 보는 계기가 된다.

심리학자 데니스 웨이틀리는 이렇게 말했다.

"대부분의 사람들이 자신이 세운 목표를 달성하지 못하는 이유는 목표를 정확히 정의하지 않았거나, 그 목표를 이룰 수 있다는 믿음을 갖지 않았기 때문이다."[1]

우리가 정년이 되어 경제활동에서 은퇴하였다고 인생도 은

---

1 지미 카터 저, 김은령 옮김, 『나이 드는 것의 미덕』, ㈜이끌리오, 15, 22, 24, 26, 28, 86, 89쪽.

퇴한 것은 아니며 '세상은 넓고 할 일은 많다'는 마음으로 궁금한 것, 평소 하고 싶었던 것을 목표로 세우고 도전하자!

오늘부터라도 내가 원하는 방향을 정하고 새로운 후반부 인생을 펼쳐 나가는 것이 내 인생 후반부를 행복하게 사는 최상의 선택이다.

얼마나 오래 사느냐와 얼마나 인생을 즐기느냐는 다르다. 건강이 좋은 상태라고 할 때, 나이 든 사람이 얼마나 행복하고 즐겁게 살 수 있는지는 두 가지 중요한 요소에 달렸다.

그것은 바로 첫 번째는 인생에서 목표를 갖는 것, 두 번째는 다른 사람들과 좋은 관계를 유지하는 것이다.

인생에서 세 번 맞는
정년을 위한 노후 대비

강창희 교수가 저술한 『가장 확실한 노후 대비』에서 저자는 인생에서 세 번의 정년을 맞는다고 말한다.

- 제1의 정년: 타인이 정년을 결정하는 고용 정년

- 제2의 정년: 자기 스스로가 정하는 일의 정년

- 제3의 정년: 하느님의 결정에 따라 세상을 떠나는 인생 정년

고용 정년 후의 30년 이상의 기간을 돈을 벌기 위한 인생을 살 것인가, 자기실현을 위한 인생을 살 것인가. 이에 대해 진지하게 생각해 보아야 한다.

일본 노무라종합연구소가 일본에서 앞으로 1~2년 내에 60세 정년을 맞게 될 직장인들을 대상으로 앙케트 조사를 한 결과를 보면, 60세 이후에도 계속해서 일을 하고 싶다고 대답한 사람의 비율이 80%에 이르고 있다.

일을 하려고 하는 이유에 대해서는 경제적인 이유, 노후 생활자금 마련 61%, 생활이 어려운 것은 아니지만 용돈 정도라도 벌기 위해 20% 등으로 대답하고 있다.

여기에서 금전적인 여유가 있는 은퇴한 투자자가 자산 운용에 성공하기 위해서는 지켜야 할 원칙이 있다.

첫째, 자산을 한 가지만의 금융상품에 집중시켜서는 안 된다. 둘째, 투자상품을 단기간에 샀다 팔았다 해서는 안 된다. 장기 계속 투자의 원칙을 지켜야 한다. 이 원칙들을 구체적으로 실천하는 방법의 하나로, 저자는 투자자들에게 세 개의 주머니를 제시하고 있다.

첫째 주머니는 저축 주머니인데, 이 주머니는 누구나 반드시 갖고 있어야 하는 주머니이다.

몇 개월 이내에 써야 할 생활비, 자녀학자금, 그리고 예기치 않은 사태를 위한 비상금 등을 여기에 넣어 관리한다. 이런 자금은 필요하면 언제든 꺼내 써야 하기 때문에 은행 예금이나 MMF와 같은 저축상품에 넣어 두어야 한다. 그런 의미에서 저축 주머니인 것이다.

두 번째 주머니인 트레이딩 주머니는 좀 노골적으로 표현한다면 투기 주머니라고 할 수 있다.

트레이딩이란 주식, 채권, 선물, 옵션 등의 개별 종목을 단기에 팔아서 수익을 낸다는 뜻이다. 트레이딩은 위험을 각오하고 '단기에 승부를 건다'는 의미가 강하다.

미국 가정의 경우는 보유 금융 자산의 20% 이상은 트레이딩 주머니에 넣지 않는다고 한다.

세 번째 자산 형성 주머니이다.

자산 형성 주머니를 운용하는 전략은 투자 대상의 분산과 장기 계속 투자에 두어야 한다. 일반투자자의 경우에는 주식, 채권의 개별 종목에 직접 투자하기보다는 전문가가 운용해 주는 펀드 투자가 좋다. 미국의 경우에는 전 세대의 52%가 펀드를 이용해서 노후 대비 자산 형성 주머니를 운용한다고 한다.

금융투자에 관심이 있는 독자께서는 먼저 펀드 운용사의 과거 3~4년간의 펀드 운용 실적을 확인하며, 믿을 수 있는 운용사로 실력 있는 FP(Financial Planner)를 충분히 확보하고 있는 회사를 택하는 것이 안전하다.[2]

---

2   김창희 저, 『가장 확실한 노후 대비』, 아름다운사회, 37, 39, 41, 85, 93~95, 122쪽.

은퇴 후에도 금전적인 여유가 있는 은퇴 후 투자자가 자산 운용에 성공하기 위해서는 자산을 한 가지 금융상품에 집중시켜서는 안 되며, 투자상품을 단기간에 샀다 팔았다 할 경우 실패 확률이 높다 했다.

　저자는 금융 투자 전문가로서 구체적으로 투자자에게 권하는 저축 주머니, 트레이딩 주머니, 자산 형성 주머니로 분산해 장기 계속 투자하되, 전문가를 통한 '펀드' 구좌로 여유자금을 운용하는 것이 안전하고 성공률이 높다고 권하고 있다.

　이와 같은 원칙을 지키며, 인생에서 세 번 맞는 정년을 위한 노후 대비를 안전하고 확실하게 하셔서 행복한 은퇴 후 삶을 설계하시길 바란다.

비단잉어 '코이'
이야기를 통해 얻는 교훈

노벨문학상 후보에도 여러 차례 오른 소설가 '엔도 슈사쿠', 그의 인생 성찰록이라 할 수 있는 책 속에 다음과 같은 대목이 나온다.

'코이'라는 비단잉어가 있다. 이 잉어가 자라는 모습을 보면 참으로 신기하다. 사는 공간의 크기에 따라 자기 몸의 크기도 달라진다. 작은 어항에 넣어 두면 5~8㎝밖에 자라지 못하지만, 커다란 수족관이나 연못에 넣어 두면 15~25㎝까지 자란다. 그리고 강물에 방류하면 90~120㎝까지 성장한다.

우리의 꿈도 그와 같다. 큰 꿈을 품은 사람은 미래에 큰 사람이 되고 작은 꿈을 품으면 작은 사람이 된다. 노년의 꿈도 다를 바 없다. 꿈의 크기가 사람의 크기이고 또 인생의 크기이자 미래의 크기이다.

몇 천 년 전에 이미 공자는 『논어』에서 이런 말을 하지 않았는가.

"그것이 불가능한 것을 알면서도 한다(知其不可而爲)."

지금 눈앞에서는 불가능해 보일지 모르나 결코 이상을 포기하지 말라는 얘기다.

처음엔 너무 커서 불가능해 보인다. 그러나 한 발 한 발 다가갈수록 그것은 자꾸 작아져 갈 것이다.[3]

'코이'라는 비단잉어는 환경에 따라 고기의 크기가 달라진다. 우리 꿈도 큰 꿈을 품으면 큰 사람이 되며, 우리 노년의 꿈도 다르지 않다.

가능하면 꿈을 크게 갖고 어떤 일이든지 도전한다면 성공의 가능성이 높아진다. 또한 도전에 대한 성취감도 크고 후반부 인생의 진정한 행복을 느끼는 원천이 된다.

오늘이라도 어떤 목표를 갖고 도전해 본다면, 몇 년 후에 그때 아무 일도 시작하지 않은 데 대한 후회는 없을 것이다. 어떤 일이든 일단 시작하고 보는 것도 현명한 방법이다.

3   임마누엘 페스트라이쉬, 『인생은 속도가 아니라 방향이다』, 북21, 270쪽.

감사할 줄 아는 삶은
행복을 부른다

미국의 버지니아주에 가난한 모자(母子)가 살고 있었다. 목사였던 아버지는 일찍 세상을 떠나고 어머니가 세탁이나 청소 등과 같은 궂은일을 하며 아들의 학비를 조달했다.

아들은 어머니의 노고에 늘 감사하며 열심히 노력하여 프린스턴 대학을 우수한 성적으로 졸업했다. 그리고 졸업식장에서 그는 총장으로부터 상을 받고 연설을 하게 되었다. 아들은 강단에 올라 다음과 같이 말했다.

"어머니, 감사합니다. 어머님의 은혜로 졸업하게 되었습니다. 이것은 제가 받을 것이 아니고 어머님께서 받으셔야 합니다."

그리고 나서 그는 총장으로부터 받은 금메달을 초라한 옷을 입은 어머니의 가슴에 달아 드렸다. 이 모습을 보고 졸업식에 참석한 사람들은 모두 큰 감동을 받았다.

그 아들은 후에 변호사와 교수를 거쳐 미국의 28대 대통령이 되었다. 그가 바로 민족자결주의를 제창하고 노벨 평화상을 수상하기도 한 윌슨 대통령이다.

감사할 줄 아는 삶, 그것을 입술로 표현할 줄 아는 삶의 모습은 이처럼 아름답다.

진정으로 감사할 줄 아는 마음이 윌슨을 대통령이 되게 하는 디딤돌이었으며 '하늘은 스스로 돕는 자를 돕는다'는 진리와 감사하는 삶의 성공 법칙을 보여 준 좋은 표본이다.[4]

미국 같은 나라에도 이렇게 효심이 지극하고 어려운 현실에 좌절하지 않고, 부모의 노고에 고마워할 줄 아는 청년이 있다는 것이 대견하다.

부모를 진심으로 공경하며 바른 삶을 살아갈 때, 이 세상은 그렇게 인성이 좋은 사람을 알아보고 그에게 기회를 준다는 것이 입증된 사례라고 본다.

남은 인생 우리는 어려운 가운데에서도 범사에 감사하는 마음으로 여유 있는 바른 삶을 살아간다면, 후반부 인생에서는 좋은 일만 있게 되고 행복한 노후를 보낼 수 있을 것이라고 믿는다.

<hr />

4   차동엽 신부, 『무지개 원리』, 동이, 347~348쪽.

상황을 역전시키는
긍정의 힘

1865년 미국의 제17대 대통령으로 당선된 엔드루 존슨은 세 살 때 부친을 여의고 몹시 가난하여 학교 문턱에도 가 보지 못했다. 13세 때 양복점에 취직을 하였고, 17세 때 양복점을 차려 돈을 벌었다.

그 후 구두 수선공의 딸과 결혼을 한 후 부인한테서 글을 쓰고 읽는 법을 배웠다. 공부를 취미 삼아 다방면에 교양을 쌓은 뒤 정치에 뛰어들어 테네시 주지사, 상원의원이 된 후 링컨 대통령을 보좌하는 부통령이 된다.

그리고 1864년 16대 링컨 대통령이 암살당하자, 잠시 대통령직을 승계했다가 이듬해 대통령 후보로 출마한다.

유세장에서 한 나라를 이끌고 나갈 대통령이 초등학교도 나오지 못하다니 말이 되느냐는 등의 공격을 받았다.

이에 앤드루 존슨은 침착하게 대답했다.

"여러분, 저는 지금까지 예수 그리스도가 초등학교를 다녔다는 말을 들어 본 적이 없습니다. 예수는 초등학교도 못 나오셨지만 전 세계를 지금도 구원의 길로 이끌고 계십니다."

그 한마디로 상황을 뒤집어 역전시켜 버린다. 이 나라를 이끄는 힘은 학력이 아니라 긍정적 의지의 힘이다. 그는 국민들의 열렬한 환호와 지지를 받아 상황이 뒤집혀 대통령에 당선된다.

그는 재임 시 구소련 영토 알래스카를 단돈 720만 달러에 사들인다.

그러나 국민들은 얼어붙은 불모지를 산다고 협상 과정에서 폭언과 욕설을 퍼부었다.

그때 그는 "그 땅은 감추어진 무한한 보고이기에 다음 세대를 위해 사 둡시다."라면서 국민들과 의회를 설득하여 찬반 투표로 알래스카를 매입한다.

오늘날 알래스카는 미국의 중요한 군사적 요충지이자 천연가스, 석유, 금 등의 천연자원이 풍부한 미국의 보고가 되었으며, 그는 미국 역사상 최고의 위대한 대통령으로 신뢰받는 인물 중 한 사람이 되었다.

긍정적인 미래의 안목이 그를 현재의 위치로 만들었음을, 우리는 기억하고 이를 배워야 할 것이다. (공감하는 좋은 글

중에서)

　남은 보너스 삶을 사는 우리도 긍정적이고 적극적인 사고로 무사안일한 하루하루를 사는 평범한 삶보다는, 작은 일이라도 이루고 싶다는 의지를 갖고, 엔드루 존슨이 대통령까지 되었듯이, 우리의 남은 삶을 변화시키기 위해 새로운 삶을 시작하고 개척하는 용기가 필요하다.

　'내일이 아닌 오늘', 인생의 마지막 기회를 놓치지 말고 무엇이든 과감하게 이루겠다는 의지로 한번 도전해 보기 바란다.

60세 이후에 변신하여
인생의 꽃을 피운 사람들

'지금 이 나이에 내가 뭘….'

그런 생각은 바꾸어야 한다.

괴테가 유명한 희곡인 『파우스트』를 완성한 것은 80이 넘어서였다. 미켈란젤로는 로마에 있는 성 베드로 대성전의 돔을 70세가 넘어 완성했고, 헨델과 하이든 같은 유명 작곡가들도 고희(古稀)의 나이를 넘겨 불후의 명곡을 만들었다.

모세를 보면, 80세에 민족을 위해 새로운 출발을 하였으며 장정 60만을 이끌고 애굽을 탈출 가나안 복지를 향해 유대 민족을 구출하는 대역사(파스카의 신비)를 이루었다.

우리가 해서 안 되는 일은 없다.

노년을 보람되게 보낼 수 있는 마음의 여유가 있다면, 이 책을 읽고 계신 여러분 모두 못할 일이 없다.

어떤 일이든 하려고 노력하지 않았을 뿐임을 인지하고, 오늘부터 작은 일이라도 시작하여 큰일을 한번 시도해 보시기 바란다.

미국 포크 음악계 대부이자 반전 가수, 피터 시거는 89세에 그래미상을 받았다.

'20세기 음악의 혁신자'로 통하는 작곡가 엘리엇 카터는 101세에 〈세월이 어쨌기에(What are years)〉를 작곡해 건재함을 과시했으며, 104세인 웨슬리 브라운은 1962년 존 F. 케네디 대통령 시절 판사로 임명되어 49년간 재판 업무를 맡은 미국 최고령 현직 판사다.

97세로 운명한 전설적인 보디빌더 '잭 라레인'은 95세에 11번째 책『영원히 젊게 살기』를 펴냈다.

이들 노익장은 멈추지 않는 도전으로 인생을 아름답게 탈바꿈시켰다. 뒤로 물러나 세월을 관망하지 않고 계속해서 아름다운 도전을 만들어 갔다.

우리도 마음만 먹는다면 어떤 분야라도 도전하여 새로운 역사를 이루어 볼 수 있다. 한 분야의 전문가가 되는 데 필요한 시간, 이른바 '1만 시간의 법칙'을 믿어 보자.

맬컴 글래드웰이『아웃라이어』에서 명명한 '카스파로프의 법칙'으로 하루에 3시간씩 연습하면 10년이, 하루에 10시간씩 연습하면 3년이 걸린다. 누구든지 의지만 있다면 어떤 분야든 도전하여 전문가가 될 수 있다는 뜻이다.

하루에 3시간씩 투자하여 10년, 멀다고 생각하면 멀지만 시작이 반이며 10년은 생각보다 빨리 지나간다. 여러분의 소신과 결심이 중요한 순간이다.

애플의 스티브 잡스가 1997년 애플 세계 개발자 컨퍼런스에서 한 말이 있다.

"사람들은 하나의 생각에 집중하는 것을 집중이라고 말하지만 그렇지 않다. 수많은 아이디어를 버리는 게 집중이다. 혁신은 1,000가지를 퇴짜 놓아야 나온다."

비즈니스위크와의 인터뷰에서도 비슷한 취지의 말을 했다.

"집중과 단순함이 중요하다. 생각을 단순하고 명료하게 하는 단계에 오르면 산도 움직일 수 있다."

잡스는 아이폰 개발자들과 함께 이 말을 실천에 옮겼다. 단순한 디자인과 간편한 기능의 아이폰은 이렇게 탄생했다.

인류에게 스티브 잡스가 정신적인 유산을 남겼듯이, 세상에 공짜 점심(Free Lunch)은 없으며, 이 책을 읽는 독자들도 남과 다른 결단으로 남은 보너스 인생을 길게 보고 남은 삶을 어떻게 살 것인지 방향을 정할 수 있으리라 믿는다.

궁금한 것, 하고 싶었던 것들을 오늘부터 목표를 세우고 도전하자.

삶을 보다 행복하게 사는
10가지 방법

첫째, 삶을 보다 행복하게 살려면 자신의 삶이 나태하지 않도록 계획을 세워 규칙적인 생활을 하라.

둘째, 첫인상은 모든 사람에게 아주 중요하게 인식되므로 자신의 외모에 조금만 더 신경을 써라.

셋째, 현재 진행하고 있는 일을 포기하지 않도록 자기 자신을 격려하여 계속하라.

넷째, 자신의 감정에 억눌려 마음속에 쌓지 말고 발산할 수 있는 매체를 찾아 풀어라.

다섯째, 어떤 난관과 장애물도 회피하지 말고 용기를 가지고 극복할 수 있도록 노력하라.

여섯째, 업무나 사람에 대해 불평, 불만을 토로하기 전에 자신을 되돌아보아라.

일곱째, 자신의 능력을 팔려고 하지 말고 그 능력을 남이 사 가도록 만들어라.

여덟째, 일이 힘들다고 생각되었다면 일을 떠나 일과 관련 없는 취미활동을 통해 에너지를 충전하라.

아홉째, 노력하지 않은 채 남과 비교해서 자신의 현재 상태를 비하하거나 불행하다고 하지 말라.

열째, 정신건강을 위해 아주 작은 것이라도 감동받을 수 있는 대상을 찾아라.[5]

상기 10가지 방법을 실천하면 분명 보다 행복하게 살 수 있다. 그리고 이 모두를 실천할 수 있다면 축복이다. 그러나 이들 중 단 한두 가지만이라도 내 삶에 적용하여 실천하는 것은 매우 중요하다.

여러분이 책을 읽을 때는 공감하지만 책을 덮고 바로 잊어버리는 것보다는 큰 발전이기 때문이다. 우리가 왜 책을 읽는지 생각해 볼 일이다.

---

5   이신화, 『하루에 3분이면 행복이 보인다』, 도서출판 씨앤지, 142쪽.

은퇴 후 삶을
밝고 활기차게 살려면

■ **자신의 분수를 알고 욕심 부리지 않기**

내 형편에 맞게 노후를 즐겨야 한다. 다이소에 가면 단돈 천 원에 다양한 물건을 살 수 있다. 돈은 쓰는 사람의 손에 따라 값어치가 달라진다.

■ **경제적으로 독립하기**

은퇴 후 삶은 최소한 경제적으로 독립이 되어야 한다. 이를 위해서는 가능한 방법을 찾아야 한다. 국민연금, 주택연금을 활용한다(Part 2의 '정년을 앞두고 노후 자금 준비 방법' 참조).

■ **배움의 끈을 놓지 않기**

'이 나이에 뭐를 해?'라고 생각하면 은퇴 후 삶이 고달프고 힘든 길만 가게 될 뿐이다.

■ **건강 유지를 위해 정기적으로 운동하기**

자신의 건강 유지를 위한 최소한의 운동을 매일 정기적으로 한다. 예를 들어 하루 30분 걷기, 스트레칭, 발 뒤꿈치 들기, 케겔 운동, 스쿼드 등이 있다.

■ 나이 들어 신앙을 갖는 것은 큰 축복이다

신앙인, 신부, 수녀, 목사, 스님 등 신앙을 갖고 있는 수도자들은 장수한다. 그 이유는 죽음에 대한 두려움 없이 범사에 감사하는 긍정적인 삶을 사는 것만으로도 건강하게 장수하는 삶을 살 수 있게 되기 때문이다(Part 7 참조).

정년을 앞두고
노후 자금 준비 방법

대다수 직장인이 50대에 정년을 맞는다. 정년을 앞두고 노후 문제를 생각하게 되는데, 구체적인 방안을 미리 준비하지 않으면 안 된다. 그렇다면 노후 자금 준비 방법에는 어떠한 것들이 있으며, 무엇을 조심해야 할까?

■ 준비 없는 창업은 피하라

준비 없이 정년을 맞은 다수의 50대가 퇴직금과 목돈을 투자해 창업을 하게 된다. 은퇴 후 창업 비중이 높아지고 있지만 퇴직 후 자영업자로 전향한 많은 사람들이 음식점, 호프집, 치킨집과 같은 생활 밀접형 요식업종 또는 베이커리 카페, 편의점 등을 창업해 경쟁이 치열할 수밖에 없다.

한국 인구 1,000명당 음식점 개수는 12.2개로 미국(1.8개), 일본(5.7개) 대비 최대 6배 이상 많다 보니 경쟁이 치열할 수밖에 없으며 성공도 쉽지 않다.

요식업 창업자 중 60% 이상이 1년 내 폐업하고 나머지는 현상 유지도 힘든 수준이라 한다. 창업 성공률이 10% 미만으로 예측된다. 퇴직금 등 노후 자금을 전부 투자했다 실패하면 빈곤층으로 전락하게 된다.

　일반적으로 쉽게 생각할 수 있는 요식업은 맛으로 승부해야 하는데, 성공한 오래된 점포들을 보면 본인의 수많은 노력으로 나만의 특별한 레시피를 갖고 차별화된 음식 맛을 만들어 고객이 찾는 맛집으로 성공하게 되는데, 이 또한 쉽지 않다.
　또 준비 없이 창업한다면 비단 프랜차이즈 요식업, 프랜차이즈 편의점, 프랜차이즈 카페 등의 업종이라 하더라도 소문난 맛집(노포)과의 경쟁에서 뒤처질 수밖에 없게 되며, 1년도 버티지 못하고 폐업하게 된다.
　점포, 프랜차이즈 계약 등 계약 기간에 걸려 쉽게 접지도 못하고 시간을 끌다가 시설비 등 최소 5억-6억 정도의 돈을 손해보고 손들게 되며, 이 경우 빚만 떠안고 극빈자가 되는 경우를 주위에서 많이 볼 수 있다.

　잘 준비하면 활기찬 인생 후반부를 맞이할 수도 있겠지만 이 또한 쉽지 않으며, 철저한 준비 없이 은퇴 후 창업하고 실패하면 빚 만지고 빈곤층이 될 확률이 높다.

　이 경우 가정 파탄 가능성이 크며, 나이 들어 수중에 돈도 없고 재기하기도 어려운 나이이므로 신중하게 판단하고 가능한 '준비 없는 창업'은 피해야 한다.

그런 이유로 창업보다는 월수입이 3분의 1 이상 토막 나고 기대에 못 미치더라도 재취업을 고려하는 것이 몸은 고될지언정 투자금을 날리고 극빈자로 전락하는 것보다 현명하다.

- **■ 안전한 노후 자금 '국민 연금'**

이런 실패를 대비하기 위하여 하나의 안전한 노후 자금 준비 방법은 부부가 국민 연금을 수령할 자격을 갖추는 일이다.

국민연금공단에서 현재 완전 국민(노령)연금 수령자의 월평균 연금은 61만 9천 원 정도라 한다. 이 경우 월평균 부부 합산 120만 원 정도의 연금을 수령할 수 있다.

국민연금을 수령하려면 최소 10년 이상 보험료를 납부해야 하며, 실직 등의 경우엔 '추후 납부제'를 이용하여 보험료를 추가 납부해 국민연금 가입 기간을 늘리는 제도가 있다.

이전에 국민연금을 한 번이라도 납부한 실적이 있다면 60세 라도 가입 가능하며, 한 번도 납부한 실적이 없다면 국민연금 공단에 문의를 요한다.

국민연금 가입이 처음이라도 국민연금 '임의 가입 제도'를 활용하여 국민연금을 가입할 수 있으며, 임의 가입 최소 입금 액은 월 9만 원이며 최대는 53.1만 원이다.

매달 9만 원을 10년간 납입하면 연금으로 매달 201,000원을 받을 수 있다. 연금을 더 받고 싶으면 중도에 보험료를 인상하면 된다. 예를 들어 월 19.8만 원을 10년간 납부하면 월 26.2만 원을 받을 수 있다.

국민연금은 가입자가 사망 시까지 종신토록 연금을 수령할 수 있고 매년 물가가 오르는 만큼 연금도 따라 오른다.

퇴직연금 등 목돈을 활용해 50세 이상 최대 5년 치 보험료를 미리 납부하는 '국민연금보험료 5년 선납제'도 시행하고 있다. 이 경우 5년 치 보험료 선납 후, 5년을 불입하면 통산 10년에 도달해 국민연금을 받을 수 있다(2024년 기준).

자세한 사항은 국민연금공단 콜센터 국번 없이 1355번을 통해 문의할 수 있다.

■ 주택연금(역모기지론)

현재 한국에는 은퇴자를 위한 한국주택금융공사의 '주택연금 제도'(역모기지론)가 있으며 지역별로 지사가 있어 상담 후 주택연금 신청을 하면 된다.

가입 대상은 주택 공시 가격 기준 12억 원 이하의 주택 소유자면 가능하고, 월 지급액은 65세 기준 한국부동산 시세 또는 KB시세 기준으로 산출된다.

예를 들어 65세 기준 주택 공시 가격 5억짜리 주택이나 아파트를 담보로 제공하면, 부부는 같은 집에 살면서 매월 120

만 원 정도의 주택연금을 부부 모두 사망할 때까지 받을 수 있다.

그리고 주택 공시 가격 기준 6억 2천만 원 정도 가격의 부동산을 담보로 제공하면 매월 148만 원 정도의 주택연금을 받을 수 있다. 만약 주택 공시 가격 9억 원이라면 매월 216만 원 정도를 받는다.

또 부동산 주택 공시가격 12억 원이면 매월 288만 원 정도의 주택연금 수령이 가능하다 (상기 2024년 65세 기준, 55세 이상 신청할 수 있으며 신청 연령이 높아지면 지급 금액이 올라간다).

주택 연금은 부부 모두 사망 시 담보주택을 매각 정산하여 남는 금액은 자녀들에게 돌려주고, 부족 금액이 발생하면 주택연금에서 손실 처리하되(신청 시 보험 가입으로 보장) 그 자녀들에게는 청구하지 않는 시스템으로 국민의 노년을 위해 정부에서 준비한 좋은 제도이다.

자세한 사항은 한국주택금융공사 콜센터 1688-8114번을 통해 문의할 수 있다.

상기 국민연금 + 주택연금 합하여 250~350만 원 또는 그 이상의 노후자금을 평생 매월 안전하게 받을 수 있는 방법이다.

집을 자녀에게 상속해 주기보다 부부가 노후 생활자금을 확보하여 평생 자녀들에게 의지하지 않고, 생활비 걱정 없이 살 수 있는 좋은 방법이다.

이를 적극적으로 활용하여 노후 생활자금을 안전하게 준비할 수 있는 최선의 길을 택해 노후를 평화롭고 행복하게 살아가기 바란다.

"세상에서 가장 지혜로운 사람은 배우는 사람이고,
세상에서 가장 행복한 사람은 감사하는 사람이다."

『탈무드』

Part 3

✳

건강한
인생 후반부를 위하여

아차산 유래를
아십니까?

옛날 삼청동에 점을 잘 친다는 사람이 있어서 임금이 그 사람을 불러들였다.

"네가 점을 잘 친다고 하니 한번 쳐 봐라."

하고는 통 속에 쥐 한 마리를 감춰 놓고 물었다.

"이 안에 있는 쥐 한 마리가 몇 마리냐?"

이에 그 점쟁이는 세 마리가 들었다고 대답했다.

그러자 임금이 호통치며 말했다.

"나쁜 놈! 한 마리인데 세 마리가 들었다고 하니 이놈을 당장 죽여 버려라!"

여러 장정이 달려들어서 그 점쟁이를 붙잡아 나간 후, 임금이 이상해서 쥐를 잡아 배를 갈라 보니 새끼가 두 마리 들어 있었다.

그래서 임금은 사람을 급히 보내 죽이지 말라고 했는데, 이 사람이 죽이지 말라고 달려가면서 손을 들어 표시하는 것을 본 백정이 빨리 죽이라는 것인 줄 알고 죽여 버렸다.

그래서 '아차'라는 말이 나왔다고 한다. 참으로 안타까운 일이 발생한 것이다. 이러한 안타까운 사연으로 인해 이곳의 이름을 '아차산'이라고 부르게 되었다 한다.

의미 깊은 유래가 있는 아차산에 등산 한번 다녀오시면 어떨지.

등산은 은퇴 후 가장 손쉽게 적은 비용으로 즐길 수 있는 취미 생활 중 하나다.

우리 주변에 많은 등산 동우회가 있을 정도로 '등산'은 보편화된 운동으로 '심폐 지구력 향상 및 온몸에 좋은 운동'이다. 단, 관절이 괜찮을 때까지 할수있다.

노년의 운동으로 탁구, 댄스스포츠, 파크골프, 수영, 걷기, 자전거 타기 등 많은 운동이 있지만 건강하고 관절만 튼튼하다면 등산은 아주 좋은 운동이다.

아차산은 무리하지 않고 초보자도 다녀올 수 있는 무난한 코스로 주말마다 아차산역, 광나루역 주변에는 많은 동호인들이 모여 산행을 즐기곤 한다.

자기가 살고 있는 근처의 어떤 산이든지 본인 건강에 맞는 산행을 권한다.

관절이 힘든 연세에는 우리 주변에 많은 올래길 산책을 하며 친구들과 친교도 하고 오찬도 나누면서 건강 유지를 위해 산책을 하는 것도 도움이 될 것이다.

아차산 중턱에 세워져 있는 안내판

계족산 명품
'힐링 황톳길'을 아십니까?

계족산 황톳길이 탄생하게 된 계기는 2004년 당시 무선호출기(삐삐) 연결음 음악 서비스 '700-5425'로 유명했던 IT 기업 창업자인 조웅래 회장이 소주 업체 선양을 인수하면서부터다.

조 회장이 계족산 동창 산행 모임을 하다 여자 친구 두 명이 굽 높은 구두를 신고 고생하는 것을 보고 운동화를 벗어 준 게 시작이었다. 맨발로 자갈 섞인 산길을 5시간이나 걸어야 했다. 발 상태가 엉망이었지만, 신기하게도 발바닥 자극으로 온몸에 열이 퍼지는 느낌이 들었다.

그날 잠도 푹 잤다. 그는 "맨발이 이렇게 좋을 줄이야!" 하며 무릎을 탁 쳤다.

망설임 없이 황토를 사다가 계족산 14.5㎞ 숲길에 깔았다.

그때부터 만나는 사람마다 맨발 산행을 권했다. 비가 오면 휩쓸려 가고 닳아 없어졌지만 끊임없이 메우면서 황톳길을 유지했다. 한 해 비용만 5~6억 원 정도 들어갔다. 맨발 마라톤

대회와 맨발 걷기 대회를 개최해 사람들을 모이게 했다.

2007년부터는 주말마다 숲속 음악회를 열어 계족산을 문화 공원으로 만들었다. 결과는 대성공이었다.

자연(ecology)과 치유(healing)를 합친 '에코 힐링(ecohealing)' 이란 개념을 만들어 상표권까지 등록했다. 소주 만드는 회사 가 에코 힐링 기업이 된 것이다.

2017년 기준 11년째 지속해 온 노력으로, 계족산 황톳길은 연간 100만 명이 찾아오는 관광 명소로 자리 잡았다. 한국인 이 꼭 가 봐야 할 한국 관광 100선 3위, 여행 전문 기자들이 뽑은 다시 찾고 싶은 여행지 33선 등에도 이름을 올렸다.

해발 423m의 평범한 계족산이 그의 아이디어 하나로 대전 을 대표하는 명소가 된 것이다.

돈을 들여 광고를 하지 않아도 산소 넣은 소주 '오투린'은 더 잘 팔렸다. 지역민 사이에 '이왕이면 좋은 일을 하는 향토 회 사 제품을 마셔야 한다'는 인식이 퍼졌기 때문이다.

이제 '오투린'은 대전 지역민의 70%가 마시는 소주의 대명 사가 됐다. 소주와 전혀 관계없는 황톳길을 만들어 맨발로 걷 거나 달리는 대회를 열더니 사람들의 마음을 얻은 것이다.

그는 처음 사업과 무관하게 맨발 걷기 캠페인을 시작했지 만, 결과적으로 지역 경제 발전에도 이바지하고 기업 경영에도 도움이 됐다는 측면에서 공유가치 창출 경영 효과를 거두었다.

소주 한 병 더 파는 것보다 사람들의 마음을 얻는 게 중요하다고 생각한 것이 오늘날 회사의 신뢰감을 높여 충청권에서 존경받는 성공한 기업으로 자리매김하게 된 것이다.

한 기업인의 뛰어난 아이디어와 경영이념이 잘 접목되어 기업도 살리고 지역 사회도 발전시키는 결과를 보여 줬으며, 기업의 사회 환원을 실천하고 자신의 뜻을 기업을 통해 뚝심 있게 지역 사회에 보여 준 멋진 기업인 조웅래 회장에게 큰 칭찬과 박수를 보내 드린다.

이렇듯 세상은 보는 관점에 따라 다르게 보이며, 모든 것은 어떻게 생각하느냐에 따라 달라진다.

대전을 방문할 기회가 된다면 가족과 함께 계족산 황톳길에 들러 맨발 등산의 경험을 하며 힐링의 시간을 갖고, 맨발 등산 후 '오투린' 소주도 시음하며 좋은 추억도 만들고 건강도 챙기는 여여한 시간을 가져 보기를 권한다.

아무리 힘들어도
살아 있다면 희망이다

주위를 돌아보십시오.
행복한 조건인데도 불구하고 불행한 사람들과
불행한 조건인데도 행복한 사람들이 많습니다.

아무리 힘들어도
그대가 살아만 있다면 그것은 희망입니다.
오지 않는 봄은 없습니다.

때로는 그대 슬픔이 얼마나
사치스러운 일인가를 생각해 보십시오.
가난해도 병든 자보다 낫고
죽어 가는 자보다 병든 자가 낫습니다.

행복은 무엇을 많이 가졌느냐가 아니라
어떻게 사느냐에 달려 있습니다.

그대는 가진 것이 너무 많습니다.
그대가 걷지 못해도 그대가 병들어도
살아 있는 한 축복입니다.

오늘 사는 것이 어렵다고 한탄하지 마십시오.
우리의 가장 큰 불행은
가진 것을 모르고 늘 밖에서 찾는 것입니다.

내가 얼마만큼 감사하게 생각하고
사느냐에 따라 행복할 수 있습니다.

감사와 만족이 없는 삶은
불행을 자초하는 길임을 아시고

오늘부터 긍정적인 사고와
감사하는 마음으로
나와 내 가족의 행복을
만들어 나가시기 바랍니다. (공감하는 좋은 글 중에서)

건강을 위한
물 마시는 습관

심장병 전문 의사 고견을 들어 보면, 남녀노소 연령에 관계
없이 하루 5~6잔의 물이 좋다고 한다.

정수기에 뜨거운 물 반 컵을 먼저 받고 정수 물을 남은 컵에
받아 중탕하여 마시면 몸 온도를 높여 건강한 몸을 만들 수 있
다는 사실!

우리 몸의 70%는 물로 구성되어 있다. 많이 들어 보았을 이
야기지만, 건강을 위해 이를 실천하는 것은 당신의 몫이다.

아침에 일어나자마자 마시는 따뜻한 물 2잔은 몸 체내의 기
관들이 깨어나는 데 큰 도움을 준다(Warming-up).

또 점심, 저녁 식사 전에 1잔의 물은 소화를 촉진시켜 주며,
포만감으로 식사량이 줄어 다이어트에도 도움이 된다.

목욕하기 전 1잔의 물은 혈압을 내려 주며, 잠자리에 들기
전 1잔의 물은 뇌졸중이나 심장마비를 방지하고 자는 중에 오
는 다리 경련을 방지하는 데 도움이 된다. 다리 근육이 물을
필요로 하기 때문에 경련을 일으켜 당신을 깨우는 것이다.

만일 잠자리에 들기 전에 물을 마시면 밤에 깨어나야 하기 때문에 물을 마시고 싶지 않다고 말하는 분들은 물이 인체에 주는 효능을 알 필요가 있다. 자다가 잠에서 깨어나 화장실을 다녀온 후 따뜻한 물을 한 컵 마셔 주면 몸도 편안해지고 잠도 잘 온다. (공감하는 좋은 글 중에서)

뇌졸중, 심근경색, 심장마비
증상 및 대처 요령

■ 뇌졸중(중풍)의 대표적인 증상

뇌졸중은 뇌혈관이 막힌 '뇌경색'과 뇌혈관이 터진 '뇌출혈'
로 구분된다.

- 반신 마비: 갑자기 한쪽 팔다리에 힘이 빠진다. 잠들기 전에도 발
  생할 수 있다.

- 언어 장애: 말이 어눌해지고 무슨 말인지 알아듣기 어려운 말을
  한다.

- 의식 장애: 갑자기 어지럽고 몸의 균형을 잡지 못한다.

- 시야 장애: 시야가 흐려지고 물체가 두 개로 보인다.

- 아주 심한 두통 :속이 매슥거리고 어지럼증이 발생한다.

- 뒷목이 뻣뻣함: 혈관이 막히면 이러한 증상이 발생한다.

- 갑작스런 피로감: 뇌에 산소가 부족해지기 때문이다.

전조 증상이 보인다면 집에서 할 수 있는 응급치료는 아무

것도 없다!

　무조건 119에 연락, 즉시 병원을 방문해서 골든타임 3시간 이내에 치료를 받아야 중풍을 막을 수 있다. 발병 1~2시간 이내 병원에 도착해야 하며, 병원 선택도 중요하다.

　뇌졸중을 경험했거나 가족력이 있는 사람, 고혈압, 당뇨, 고지혈증 동맥경화 환자, 흡연자, 65세 이상 고령자라면, 집에서 가까운 뇌졸중 전문병원을 미리 알아 두는 게 좋다.

■ 심근경색의 응급 증상 (대한 심장학회)

　심근경색은 심장의 혈관(관상동맥)이 혈전 등으로 막혀 심장이 괴사되는 질환이다.

– 가슴 한복판이 짓눌리거나 가슴을 쥐어짜는 듯한 통증이 지속된다.
– 가슴을 바위로 누르는 듯한 답답함이 지속된다.
– 가슴 통증이 어깨나 목, 팔로 뻗친다.
– 식은땀, 무력감, 구역질, 호흡곤란 등이 동반된다.

　전조 증상이 보인다면 집에서 할 수 있는 응급치료는 아무것도 없다! 무조건 119에 연락, 즉시 병원을 방문해서 골든타임 2시간 이내에 치료를 받아야 심근경색을 막을 수 있다.

■ 여성이 알아 두어야 할 심장마비 조짐

대개 가슴 통증과 함께 심장마비를 겪는 남성과 달리, 여성은 숨이 가쁘거나 현기증이 나는 등 전조가 다양하다. 미국 '헬스닷컴'이 여성이라면 주의 깊게 살펴야 할 심장마비 관련 증상을 정리했는데, 다음과 같다.

① 상체 통증

목 등 견갑골이 아프다. 턱, 치아, 팔 특히 왼쪽 팔이 아픈 경우도 있다. 손상을 입은 건 심장인데 고통은 다른 부위에서 느껴질 수도 있다. 그러나 하체가 아픈 법은 없다. 심장병 전문의 '샤론헤인즈' 박사는 심장마비와 관련한 통증은 배꼽 위에 국한된다고 말한다.

② 메스꺼움

속이 불편하더라도 가슴 통증이 없으면 그저 '뭘 잘못 먹었나?' 생각하기 쉽다. 여성들은 심장마비와 관련해 구역질, 구토, 또는 속 쓰림 등 소화불량과 유사한 증상을 경험할 가능성이 남성보다 두 배 높다.

③ 피로

미국 심장협회가 심장마비를 경험한 여성 515명을 조사했다. 그 결과 70% 이상이 심장마비를 겪기 한 달 전에 심한 피로로 고생했다는 사실을 확인했다. 별다른 이유 없이 몸이 피곤하고 잠을 설친다면 주의를 기울일 것.

④ 감기 증상

심장병 전문의 '수잔 스테인바움' 박사에 따르면, 여성들 중에는 감기에 걸린 줄 알았는데 심장마비가 왔다는 이들이 많다고 한다. 따라서 열은 없는데 평소와 달리 머리가 무겁고 기운이 달린다면 혹시 심장에 문제가 있는 건 아닌지 살피는 게 좋다.

⑤ 식은땀

갱년기도 아닌데 갑자기 식은땀이 난다면 심장이 위험하다는 신호일 수 있다. 하지만 상대적으로 고마운 신호이기도 하다. 심장마비 환자 천여 명을 대상으로 한 연구에 따르면, 식은땀을 흘린 이들은 다른 증상을 겪은 이들에 비해 빨리 병원을 찾았다.

- **뇌졸중 STROKE, 처음 석 자 STR을 기억하라**

  - S: Smile. 웃어 보세요!

  - T: Talk. 말해 보세요! (알아들을 수 있도록 말하는지)

  - R: Raise. 두 팔을 올려 보세요!

– 혀를 내밀어 보세요! (혀가 꼬부라졌거나, 굽었다면 뇌졸중 조짐)

상기 4가지 중 한 가지라도 하지 못하면 즉시 구급차를 불러야 한다.

■ 혼자 있을 때 심장마비가 왔다면

갑자기 가슴 쪽에 아주 심한 통증이 느껴졌고 그 통증은 팔쪽으로 퍼지면서 턱 쪽으로 올라갔다. 어떻게 해야 할까?

겁먹지 말고 강하게 반복적으로 기침을 해 보자. 기침을 할 때마다 먼저 심호흡을 해야 한다. 깊으면서도 길게 하는 듯한 기침은 폐 안쪽에서부터의 가래 생성과 배출이 쉽도록 돕는다.

심호흡과 기침은 약 2초 간격으로 끊임없이 반복해야 하는데, 도움을 줄 사람이 나타나거나 심장박동이 정상적으로 돌아왔다고 느껴질 때까지 반복해서 한다.

심호흡은 산소를 폐로 운반하는 역할을, 기침은 심장을 쥐어짜 주어 혈액이 순환할 수 있도록 해 주는 역할을 한다. 이렇게 해서 심장 발작이 일어난 사람도 병원까지 갈 수 있는 시간을 벌 수 있게 된다.[1]

---

[1]   아산병원 제공.

이상 증상 시 구급차(119)를 즉시 부르세요!

이런 일이 없길 바라며 건강하고 행복하시기를 기원합니다.

■ 뇌졸중 예방 식생활

뇌졸중 예방에 가장 좋은 음식은 보리쌀이다. 토코트리에놀 성분이 들어 있어 나쁜 콜레스트롤을 줄여 주고, 좋은 콜레스테롤 수치를 높여 주는 수용성 식이섬유가 풍부하게 들어 있어 중풍 예방에 큰 효과가 있다.

또 혈압 상승을 억제하고, 장내 발암물질을 흡착해 몸 밖으로 배출하는 작용을 한다. 그뿐 아니라 대장암, 당뇨, 동맥경화, 심혈관질환, 중풍까지 예방한다.

섭취 방법은 매우 쉽다. 밥을 지을 때 보리쌀을 30% 정도 넣어 밥을 지어 먹으면 좋다.

■ 불면증 완화에 도움이 되는 음식

- 체리(Chery): 멜라토닌, 안토시아닌 성분이 들어 있어 수면 촉진 (10개/일)

- 바나나 : 비타민 B6, 트립토판 성분(바나나우유 좋음)

- 케모마일: 이피제닌 성분이 수면에 도움, 땅에서 나는 사과(2~3잔 섭취)

- 아몬드: 불포화 지방산, 비타민E, 마그네슘 근육 이완(한 줌 섭취)

– 키위: 비타민, 마그네슘, 칼륨, 엽산, 콜레스트롤 낮춤, 빈혈 예방
　　　(잠들기 전 2개 섭취)

■ 아침 빈속에 보약(補藥)처럼 좋은 음식

　– 사과　　　　　　　　　– 감자

　– 계란　　　　　　　　　– 당근

　– 벌꿀　　　　　　　　　– 곡물(穀物)빵

　– 견과류(堅果類)

　– 베리류

　– 양배추

　– 오트밀과 귀리

10년이 젊어지는
건강 습관 12가지

일본 도쿄 건강 장수 의료센터 연구소는 70세 이상 노인 5,000명을 대상으로 8년간 추적 조사를 실시한 결과, 마른 노인이 노화가 빨리 진행돼 수명도 줄어든다고 발표했다.

도쿄 건강 장수 의료센터 연구소의 신카이 소장이 제안한 건강하게 장수하는 비법이 있다. 영양, 사회적 활동(봉사 등), 체력의 3박자를 갖춰야 건강하게 장수할 수 있다고 결론지었다.

그렇다면 10년 젊어지는 건강 습관 12가지를 살펴보자.

■ 음식은 10번이라도 씹고 삼켜라

고기를 먹으면 10번은 모자라겠지만 라면을 먹을 때도 10번은 씹어야 위에서 자연스럽게 소화시킬 수 있다. 특히 고령이 되면 위장 활동이 약해져서 소화 흡수 능력이 떨어지는데, 이를 보충해 주는 방법이 씹기이다. 사람의 침 속에 들어 있는 아밀라아제가 씹을 때 나와서 탄수화물을 분해시켜 '위'로 내려보내야 소화가 잘되기 때문이다. 위장의 부담을 줄여 줄 뿐만 아니라 소화 흡수 기능도 향상된다.

만일 씹지 않고 넘길 경우 음식이 소화되지 않은 상태로 위로 내려가고, 다당류 덩어리 그대로 죽처럼 만들어져 장으로 내려가서 37도나 되는 장에서 음식물이 썩게 되면서 우리 몸을 병들게 하고 우리 몸을 죽이는 결과가 됨을 명심해야 한다.

■ 매일 조금씩 공부를 한다

두뇌는 정밀한 기계와 같아서 쓰지 않고 내버려 두면 점점 더 빨리 늙는다. 공과금 계산을 암산으로 한다든가 전화번호를 하나씩 외우는 식으로 머리 쓰는 습관을 들여야 한다. 일상에서 끝없이 머리를 써야 머리에 녹이 스는 것을 막을 수 있다.

■ 아침에 일어나면 기지개를 켜라

아침에 눈을 뜨면 스트레칭을 한다. 기지개는 잠으로 느슨해진 근육과 신경을 자극해 혈액순환을 도와주고 기분을 맑게 한다.

■ 매일 15분씩 낮잠을 자라

피로는 쌓인 즉시 풀어야지, 조금씩 쌓아 두면 병이 된다. 15분간의 낮잠으로도 오전 중에 쌓인 피로를 말끔히 풀고 활기찬 오후를 보낼 수 있다.

■ 아침 식사를 하고 나서 화장실을 가라

현대인의 불치병 변비를 고치려면 아침 식사 후 무조건 화장실에 가야 한다. 화장실로 오라는 신호가 없더라도 잠깐 앉아서 배를 마사지하면서 3분 정도 기다리면 나온다. 아침에 화장실에 가서 앉아 있는 습관을 들이면 하루 한 번 배변 습관은 자연스럽게 길러진다.

■ 식사 3~4시간 후 간식을 먹어라

조금씩 자주 먹는 것은 장수로 가는 지름길이다. 점심 식사 후 속이 출출할 즈음이면 과일이나 가벼운 간식거리로 속을 채워 준다. 속이 완전히 비면 저녁에 폭식을 해 위에 부담이 된다. 그러므로 매끼마다 한 숟가락만 더 먹고 싶을 때 수저를 놓는 습관을 들여야 한다.

■ 왼쪽 옆으로 누워 무릎을 구부리고 자라

일본 국립 국제 의료 연구센터병원 '아키야마 준이치' 박사의 주장에 따르면, 음식을 먹고 마시고 바로 잠드는 일을 삼가야 하며, 술을 마시고 난 뒤에는 충분한 시간이 지나고 나서 눕는 것이 바람직하다.

특히 술을 마실 때는 취기가 돌아 평소보다 과식하기 쉽다. 기름진 음식을 좋아하는 사람은 주의해야 한다고 조언한다. 술 마시고 잘 때 왼쪽으로 돌아누워 무릎을 약간 구부리는 자세로 있으면 가장 빨리 숙면에 빠질 수 있고, 자는 중 혈액순환에도 도움이 된다.

그러나 오른쪽으로 누우면 위가 식도보다 높아져 중력의 영향으로 '역류'가 일어나기 쉽다.[2]

■ 괄약근 조이기(케겔) 운동을 하라

괄약근 조이기는 수많은 사람들이 있는 곳에서도 할 수 있는 건강 체조다. 바르게 서서 괄약근을 힘껏 조였다가 3초를 쉬고 풀어 주는 동작을 반복한다. 기를 모으는 데 이보다 더 좋은 운동은 없다.

■ 하루에 10분씩 노래를 부른다

스트레스를 많이 받거나 머리가 복잡할 때는 좋아하는 노래를 부르는 것을 추천한다. 스트레스는 만병의 근원, 좋아하는 노래를 부르면서 스트레스를 해소할 수 있기 때문이다.

■ 샤워를 하고 나서 물기를 닦지 말라

피부도 숨 쉴 시간이 필요하다. 샤워를 하고 나면 뽀송뽀송하게 닦지 말고 마를 때까지 내버려 둔다. 샤워 가운을 입고

---

2   하이시 가오리, 『음주의 과학』, 시그마북스 참고.

기다리는 것도 좋은 방법이다. 이 시간에 피부는 물기를 빨아들이고 탄력을 되찾는다.

▪ 밥 한 숟가락에 반찬은 두 젓가락씩

밥 한 수저 먹으면 적어도 반찬은 두 가지 이상 먹어야 '식사를 했다'고 말할 수 있다. 국에 말아 먹거나 찌개 국물로 밥 한 숟가락을 넘기는 것은 그야말로 '밥'을 먹는 것이지 '식사'를 하는 것이 아니다.

▪ 매일 가족과 스킨십을 한다

엄마 아빠도 적당한 스킨십이 있어야 정서적으로 안정이 되고 육체적으로도 활기차진다. 부부 관계와 스킨십이 자연스러운 부부는 그렇지 않은 부부보다 최고 8년은 더 젊고 건강하다고 한다. 연애할 때처럼 자연스럽게 손잡고 안아 주는 생활습관이 부부를 건강하게 한다.

암 치료에 대한
어느 의사의 양심선언

『암에 걸리지 않고 장수하는 30가지 습관』은 2019년 2월 한국에 출간된 책으로, 곤도 박사는 일본에서 양심선언을 한 의사로 알려져 있으며 현대의학이 놓치고 있는 암 치료의 맹점에 대해 이야기하고 있다.

그는 암 환자가 되지 않으려면 지켜야 할 규칙에 대해 알려준다. '참을 수 없는 통증, 죽을 것 같은 고통이 없는 한 의사를 가까이하지 않는 것'이 그 규칙이다.

물론 건강 검진이나 단기 입원 종합검사도 받지 않는다. 백신도 접종하지 않는다. 병원에 가지 않으면 암이 발견될 일도 없고, 공연히 치료받을 일도 없다. 그러면 꽤 높은 확률로 평온하게 천수를 누릴 수 있다는 것이다.

여기에는 좋은 예가 있다. 홋카이도(北海道) 유바라기(夕張)시가 재정 파탄으로 병원 문을 닫자 일본인의 3대 사망 원인인 암, 심장, 폐렴의 사망률이 낮아지고 자택에서 편안히 천수를 다하는 '자연사'가 급증했다.

노인 요양시설 부속병원에서 일하며 수많은 임종을 지켜본 '나카무라 진이치'가 고령의 나이에 암이 발견되었음에도 치료를 바라지 않는 입소자 80명 이상을 간호했다. 그가 말하길, 어떤 암이든 마지막까지 한 사람도 고통받지 않고 편안히 눈 감아서 놀랐다는 것이다.

근 10년 이상 일본 내 최고 수준의 평균 수명을 기록했다. 2013년에는 남녀 모두 최고령자가 나와 매스컴에도 크게 소개되었다.

사실 나가노현은 20년 전부터 의사 수, 병원의 침상 수, 입원 건수, 입원 일수가 전국에서 가장 적다. 즉 '의료에 가장 돈을 들이지 않는' 현이다. 그리고 자택에서 숨을 거두는 '재택 사망률'도 가장 높다. 요컨대 나가노현 사람들은 의사를 멀리하면서도 오래 살고, 대부분 정든 자기 집에서 인생을 마무리한다.

기본적으로 치료 후 5~10년 생존하고, 그 시점에서 전이가 발견되지 않으면 그것은 '유사암'이다.

가령 진짜 암이어도 저자가 최장 25년 이상 봐 온 '암 방치' 환자들의 대부분은 세상의 상식보다 훨씬 오래 살았다.

반면에 작가 와타나베 준이치(渡辺淳一), 장기 프로기사 요네나가 구니오(米長邦雄)처럼 PSA(특이항원) 검사에서 발견된 '전립선 유사암'을 항암제로 치료하다 순식간에 사망한 사람은 그 수를 헤아릴 수 없이 많다.

유사암으로 일찍 죽지 않고, 진짜 암이어도 오래 살기 위해서 암은 방치해야 한다는 것이다.

오랜 기간 복용한 약을 끊은 사람들은 "오전에는 늘 멍했는데 아침부터 움직일 수 있게 되었다.", "음식 맛이 느껴지니 밥이 맛있다.", "다리가 후들거리지 않는다.", "혈관성 치매 초기증상이 사라졌다."는 반가운 소식을 전해 주었다.

"80세인 어머니가 복용하던 혈압약과 혈액을 맑게 하는 약, 당뇨 치료제, 콜레스테롤약, 골다공증약, 위장약 등을 모두 끊었습니다. 아무 이상 없이 건강하십니다!"라는 식의 보고도 자주 듣는다.

"환자들이여, 약을 버려라. 약은 독이다.
복용해도 병은 낫지 않는다. 약은 독이다."

이것이 전문가의 진심이다. 약으로 치료할 수 있는 것은 세균성 감염 정도다. 질병의 약 90%에 대해서 약은 수치만 떨어뜨리거나 증상을 잠시 완화하는 효과밖에 없다. 하지만 모든 약에는 두통, 위통, 혈변, 어지럼증, 정신 불안, 부정맥 등 독성과 부작용이 있다.

질병의 90%는 내버려 두는 것이 안전하다. 약이 필요한 경우는 다음의 두 가지뿐이다. 심근경색 등 목숨과 관련된 증상이 있는 경우, 그 약을 복용해서 확실히 심신의 상태가 좋아진 경우. 이를 제외하고는 최초의 한 알에 손을 대지 말아야 한다.[3]

곤도 마코토 박사의 양심선언을 받아들일 것인지, 아닌지는 여러분 인생 철학에 따른 각자의 선택이다. 그 선택에 따라 남은 생애의 질과 삶의 품격이 크게 달라질 것이다.

3 곤도 마코토, 『암에 걸리지 않고 장수하는 30가지 습관』, ㈜더난콘탠츠그룹, 19~20, 35~40쪽.

인생에서 원하는 것을 얻기 위한 첫 번째 단계는
내가 무엇을 원하는지 결정하는 것이다.

"공부는 내 인생에 대한 예의다."

– 세계를 놀라게 한 자랑스런
이형진의 공부 철학

Part 4

﹡

내 손주 교육을
조부모가 돕는 길

자녀 교육은
잔소리로 되지 않는다

자녀들이 말을 안 듣는다고 한탄하는 부모들에게서 한 가지 공통점을 발견했다. 그들은 교육에 대해 오해를 하고 있었다.

그들은 늘 이렇게 말한다.

"스스로 하게 하려고 내버려 둔다."

그러나 분명히 알아 두어야 할 것이 있다. 아이 스스로 할 나이가 되기 전에 부모가 가르쳐야 할 시기가 있다는 점이다.

아이가 어릴수록 부모가 바른 판단을 내려 주고 바른 행동 양식을 가르쳐 주어야 한다. 그 과정을 거쳐야만 아이는 배운 것을 가지고 스스로 할 수 있다.

스스로 하게 한다는 핑계를 대며 교육에 힘을 쏟지 않는 부모들은 자녀들에게 '해라'와 '했니'로 마치 교육을 다 한 것처럼 생각한다.

"숙제해라."

"다 했니?"

이런 말보다는 왜 그것을 해야 하는지 먼저 알게 하고 옆에서 도와주고 다 했을 때 점검해 주고 칭찬해 주어야 한다.

즉, "고기 잡아라! 잡았니?"가 아닌 왜 고기를 잡아야 하는
지 이유를 알려 주어야 한다.

고기 잡는 이유를 이해하도록 해 주어 부모가 시키기 전에
본인이 고기를 잡으려고 하도록 만들어야 한다. (어느 좋은
글 중에서)

한국 교육의 현실과 위기로
그려 보는 미래

자녀의 미래를 위한 교육 방법을 생각해 보고자 한다.

하버드 대학의 임마뉴엘 페스트 라이쉬(한국명 이만열) 박사는 15년 동안 한국에 살면서 한국 여성과 결혼했고 두 아이를 낳아 가정을 이뤘다. 그는 『인생은 속도가 아니라 방향이다』라는 저서에서 미국인이 본 한국 교육의 문제점을 날카롭게 지적한다.

한국인 부모들, 특히 어린 자녀를 둔 젊은 부모나 손주 교육을 맡고 있는 노후 세대가 새겨듣고 자녀 교육에 도움이 되었으면 한다.

교육의 궁극적인 목표는 깊이 생각하고 사람들의 사고방식을 바꿀 수 있는 노하우를 아는 사람으로 길러 주는 것이다.

교육에서 중요한 것은 철학이다. 그리고 그것은 부모와 아이 간의 교감을 통해 이루어진다. 철학이 없는 교육에서 학생들은 피해자가 될 수밖에 없다.

2011년 구글은 신입사원을 채용하면서 경영학, 공학 등의 학문 영역을 배제하고 인문학을 공부한 학생들로 전체의 80% 이상을 채웠다. 6,000명을 선발하면서 그중 5,000명을 인문학적인 소양을 갖춘 이들로 선발한 것이다.

미래 사회는 이렇게 무엇을 할 수 있는 사람보다 생각할 수 있는 사람을 요구한다.

우리의 교육 모델은 수십 년의 긴 세월 동안 전혀 바뀌지 않고 살아남았다. 그런데 우리는 앞으로 MBA 학위보다는 문학이나 철학에 대한 이해가 더 절실히 요구되는 세상에 살게 될 것이다.

이제는 빠르게 변화하는 세상에 발맞추어야 한다. 새로운 일자리, 새로운 현실에 신속히 적응할 수 있는 준비 자세가 필요하다. 이런 현실적인 필요에 의해 인문학이 중요해진 것이다.

미국 페이스북 본사 사무실 복도에는 "우리는 기술 회사인가(Is this a technology company)?"라는 문구가 붙어 있다.

페이스북이 기존의 다른 업체와 구분되는 점이 있다면 바로 논리를 넘어선 '상상의 세계'를 지향한다는 것이다. 결국 사람에 대한 관심이 기술을 완성한다고 본 것이다.

구글이나 페이스북, 애플처럼 정보 기술 산업의 선두 주자들이 한결같이 말하는 혁신의 비결은 다양한 인문학을 토대로 한 정보 기술 분야의 통합적 연구다.

기술이 무섭게 발전하고 있다. 미래학자 '토마스 프레이'는 2030년까지 전 세계에서 20억 개의 일자리가 사라질 것이라 예측했다. 지금 유망하게 여겨지는 직업도 언제 사라질지 모르는 상황이 온 것이다. 급변하는 미래 사회에 맞는 맞춤형 교육이 절실한 이유다.

그러나 여전히 한국 교육 현실은 변하지 않았다. 맹목적인 주입식 교육, 1등만 인정받는 무한 순위 경쟁 속에서 한국 학생들은 조만간 사라질 직업을 위해 자신을 소모하고 있다.

이런 한국 학생들에게 미래는 있을까?

세상에서 가장 유명한 화가 파블로 피카소를 천재라고 말하지만, 그는 천재이기 이전에 엄청난 노력파였다. 유명한 작품 〈게르니카〉를 그리기 위해 그는 수천 장이나 스케치를 하기도 했다.

밤을 밝히는 전구를 발명한 에디슨도 2,000번 이상 실패를 거듭하면서도 포기하지 않고 노력한 덕분에 위대한 발명이 가능했다.

그는 발명에 대해 몇 가지 명언을 남겼다. "천재란 노력을 계속할 수 있는 재능"이라는 것이 그중 하나이다. 천재와 천재가 아닌 사람의 차이는 얼마나 결과가 나올 때까지 노력할 수 있는지의 차이라는 것이다.

우리 한국 교육은 변화가 절실하며 인성을 살리는 교육, 개개인의 개성(특성)을 살리는 교육, 1등만 인정받는 무한경쟁 입시 지옥 탈출, 미래가 보이지 않는 암기식 교육을 마감하고, 사회와 국가의 미래를 내다볼 수 있는 인문학 교육과 더불어 창의성을 키워 주는 창의적 교육으로 빠르게 전환하여야 한다.

이를 통해 학생의 개성을 찾아 주고 새로운 계급으로 형성된 잘못된 학벌을 없애야 하며, 대학을 평준화시켜 국가의 발전된 미래를 새롭게 설계해야 할 것이다.[1]

언급된 바와 같이 현재의 한국 교육은 유명 대 학벌 위주의, 1등만 인정받는 암기식 위주의 선행 학습 교육의 틀에서 하루빨리 벗어나야 한다. 독일의 교육 방법과 같이 소수 인원의 교육으로 개인 적성 위주로 바꿔야 한다.

순위를 정하여 경쟁하는 것이 아니라, 인성 교육 위주로 학생들의 개별 특성을 살려 미래를 준비해 주는 교육이 되어야 한다.

또한 대학 교육도 국가가 책임지며 대학의 공립화로 대학을 평준화하고, 계급 학벌 위주의 교육에서 탈피하여 학생이 공부와 연구에 집중할 수 있는 교육제도로의 개편이 절실하다.

---

1   임마누엘 페스트라이쉬, 『인생은 속도가 아니라 방향이다』, 21세기북스, 157, 159, 184, 189, 198쪽.

한국 교육과정에 없는
인성 교육이 필요하다

중앙대학교 김누리 교수는 〈교육혁명 제안 특별 강연〉에서 한국 교육에는 성숙한 인간으로 키우는 인성 교육이 없다고 말했다.

즉, 한국 교육 하면 입시를 연상하게 되고 한국 교육이 만든 새로운 계급 '학벌'로 인해 피폐해진 우리의 삶을 개선해야 한다는 것이다.

이를 개선하기 위한 예로 독일 교육의 특성을 살펴보면, 독일에서는 초등학교 4년간 한 담임교사가 20여 명의 학생을 가르치며 아이의 다른 개성과 가능성을 찾아내는 교육을 하여 중·고등학교 8년 동안 사회적 자아를 찾는 교육 및 살아가는 방법을 가르친다고 한다.

독일의 교육 방식은 다음과 같다.

- 인간이 가진 고유한 능력을 이끌어 내는 교육

- 강한 자아를 키워 주고 아이의 행복과 개성, 잠재력을 이끌어 내는 교육
- 사회적 자아를 만들고, 타인과 살아가는 방법에 대한 교육(홈스쿨링은 불법)
- 행복의 감수성을 높이는 교육

　독일에서는 고등학교 졸업 시험만 붙으면 원하는 대학, 원하는 학과를 원할 때 갈 수 있다고 한다(김 교수가 알아본 두 고등학교의 졸업시험 패스율은 각 98%와 90%로 시험이 어렵지 않고 패스율이 높다고 한다).
　독일에는 대학 입학시험이 없으며, 대학 등록금이 없고(대학 등록금 폐지 1946년 실시), 재학하는 동안 학생의 생활비까지 지원해 주며, 심지어 학교 200㎞ 이내 거리는 학생증만 제시하면 대중교통을 무료로 이용할 수 있도록 지원한다고 한다.

　김 교수는 경쟁의 끝판왕 한국의 교육 현장에서 경쟁교육은 이제 그만하고, 연대 공감하는 인간을 기르자고 주장한다. 정의로운 사회란 모두가 평등하고 자유로운 사회로, 최소한 잘사는 사람, 못사는 사람 구분 없이 자아실현을 위한 교육의 기회는 평등해야 한다는 것이다.
　2차 세계대전 이후 독일 교육개혁의 결과가 사회개혁으로

확산되는 것이 새로운 나라를 만든 독일의 교육 방법이며 현재 발전된 독일의 핵심이라고 한다.

이를 위한 개선책으로 한국도 현행 입시제도를 철폐하고 현재 44개(13%)인 한국 국립대학을 전국으로 네트워크화하며, 단계적으로 국가가 사립대학을 국립화하여 대학 서열 구조를 없애야 한다고 주장한다.

현재 독일은 90% 이상이 국립대학이며 서열 대신 특성이 존재하는 대학 문화라고 한다.[2]

자녀 및 손주 교육을 위해 한국 교육의 문제점과 독일 교육의 우수성을 비교하는 것은 중요하다.

한국 교육에서의 계급 학벌로 인해 많은 학생들이 피해를 보고 있을 뿐 아니라, 서열을 정해 1등만 인정받고 대학 입학도 상위 몇 퍼센트의 학생들만 소위 좋은 대학에 갈 수 있는 교육, 학원 위주의 선행 학습으로 학교 교육이 제자리를 잃어가고 있다.

학원을 가지 않는 학생들에 대한 불이익 등으로 인해 학부모들의 과중한 과외 교육비 부담만 늘어나며, 인성 교육은 없고 암기 위주의 시험만을 위한 교육의 문제점 등 국가 교육의 백

---

2   중앙대학교 김누리 교수, 〈교육혁명 제안 특별 강연〉 참고.

년대계를 위해서는 반드시 개선되어야 할 한계점에 와 있다.

이의 개선을 위해 우리 부모, 조부모가 나서 한국 교육을 바르게 바꾸도록 한목소리를 내어 자라나는 청소년들이 바른 교육을 받을 수 있도록 교육 환경을 바꿔야 한다.

훌륭한 교수가 추천하는
효율적인 공부 방법

■ 입시 전략

세 분 교수의 코치에 따라 세 가지 공부 원칙을 세운다.

- 복습은 24시간 내에 한다(에빙 하우스).

- 5일 동안 5번 복습한다(레모).

- 8시간 잠잔다(젠킨스).

이를 토대로 진도는 3쪽으로 정하고, 하루 1시간 공부로 90
쪽 참고서를 한 달에 5번 복습하는 스케줄표를 짜 본다.

■ 에빙하우스의 하루 한 시간 공부법

- 1일: 1, 2, 3쪽 공부(50분)

- 2일: 1~3쪽 복습(10분), 4, 5 ,6쪽 공부(50분)

- 3일: 1~6쪽 복습(10분), 7, 8, 9쪽 공부(50분)

- 4일: 1~9쪽 복습(10분), 10, 11, 12쪽 공부(50분)

- 5일: 1~12쪽 복습(10분), 13, 14, 15쪽 공부(50분)

- 6일: (1~3쪽은 5번 복습했으니 빼고) 4~12쪽 복습(10분), 16, 17, 18쪽 공부(50분)

이후는 6일째와 똑같이 앞에서 3쪽씩 빼 나가면서, 12쪽씩 복습해 나가면 한 달 후 5번 복습이 끝난다.

문제는 본인의 실천 의지다. 저자의 딸은 입시 무렵에는 350쪽 수학 참고서를 10분 만에 복습하게 되었다.

■ 젠킨스의 실험 '잠과 기억'

문자의 나열을 외우게 한 후 8시간 동안 잠을 재웠더니, 처음 2시간 동안에 기억이 55%로 떨어졌지만 거기서 딱 멈춰서서 다시는 더 떨어지지 않았다. 그러나 자지 않고 깨어 있을 때는 2시간 동안에도 벌써 30%로 떨어지고 그 후 계속 떨어져서 8시간 후에는 10%밖에 남지 않았다.

입시생 및 수험생에게 주는 교훈은, 잠잘 시간에 무리하게 깨어 있으면 이미 외웠던 것도 다 흐물흐물 잊어버리게 되어 공부에 오히려 역효과라는 점이다.

8시간 잠을 자는 것이 기억력에 좋다고 한다.

■ 레모 박사의 실험 '반복 자극'

기억을 담당하는 뇌 속 해마에 30분 간격으로 자극을 주었다. 1회 때는 별 반응이 없다가 2회, 3회, … 회를 거듭할수록 점점 반응이 강해져서, 2회 때 30분 지속되던 효과가 5회 때는 무려 10시간이나 지속되었다.

'반복 자극 후의 효과 급증'이라는 레모 박사의 실험에서 입시생이 배워야 할 교훈은, 기억이란 반복 회수에 비례해서 커지는 것이 아니라, 횟수가 증가함에 따라 기하급수적으로 급상승한다는 점이다.

■ 학습 요령

누구나 마음먹으면 할 수 있는 학습 요령을 소개한다.

– 매일 실천: 하루 쉬면 기억이 반으로 준다.

– 과목 선정: 아침저녁 60분씩 좋아하는 2과목만.

– 정신 집중: 50분에 3쪽을 완전히 이해하고 암기한다.

– 공부 범위: 배운데 까지만 공부하고, 예습은 하지 않는다.

– 첫날 시작: 책 맨 앞 '차례'부터 시작한다(차례도 5번 복습).

– 중 1 영수: 가장 중요하므로 반드시 터득한다.

– 시험공부: 시험 범위 ÷ 3 = 공부 일수

‒ 시간 엄수: 50분 공부, 10분 복습의 시간을 넘기지 않는다.

‒ 학년 불구: 잘 아는 데서부터 시작한다.

‒ 진도 엄수: 하루 3쪽을 꼭 지킨다. 더도 덜도 안 한다.[3]

이러한 학습 요령에 따라 자녀 및 손주를 공부시킨다면 자녀가 공부에 부담감 없이 재미를 갖게 되고 열심히 공부하는 학생으로 변신할 것이다.

공부하라는 말보다는 부모나 조부로서 공부하는 방법을 알려 주는 것이 어른으로서 자긍심도 높이고 자녀가 자발적으로 공부하는 데 큰 도움이 될 것으로 믿는다.

3   이성원, 『행복한 산책』, Pixelhouse, 62, 322, 323쪽.

공부만 잘하는 학생의 입학을
허가하지 않는 미국 대학

미국에 이민 간 어느 교포의 아들이 열심히 공부해서 미국의 유명한 대학에서 전체 수석을 했다고 한다. 그러나 그는 면접 후 명문 대학교에 입학을 할 수 없게 되었다고 한다.

대학에서 그를 탈락시킨 이유는 중·고등학교 6년 동안 이웃의 그 누구도 도와준 적이 없다는 것이었다. 면접 교수는 우리 학교는 자네와 같은 학생을 필요로 하지 않는다며 탈락시켰다고 한다.

중요한 건, 공부만 해서 무엇을 할 것이냐는 것이다.

이웃을 위해서!
나라를 위해서!
사회를 위해서!

이웃과 나라, 사회에 도움이 되지 않는 공부는 가치가 없다는 것이다. 이웃을 위하여 사랑을 나눌 줄 모르는 사람이 공부 잘해서 좋은 대학 졸업하고 사회에 나와 중요한 자리에 앉게 된다면, 그가 사회를 위해 유익한 일을 할 수 없다.

이웃을 배려하고 행복하게 할 수 있는 사람이 사회를 아름답게 하고 살 만한 사회를 만들 수 있듯이, 교육은 공부만 잘하면 되는 것이 아니고 타인을 배려하고 이웃을 위하여 봉사할 수 있는 인격이 필요한 이유다. (받은 좋은 글 중에서)

미국 사회는 대학 입학에서도 학창 시절 얼마나 사회를 위해 봉사하고 이웃에 얼마나 많은 도움을 주었는지, 사회 일원으로서 얼마나 사회를 위해 공헌했는지를 중요시한다.

이렇듯 인성을 중요시하는 나라이므로 사회를 위한 봉사 없이 공부만 잘하는 학생에게 입학을 허락하지 않는다.

우리도 이러한 인성 교육의 중요성을 이해하고 배워 나가야 하겠다.

하버드 대학교 도서관에
붙어 있는 명문

지금 잠을 자면 꿈을 꾸지만 공부하면 꿈을 이룬다.

Sleep now, you will be dreaming, Study now, you will be achieving your dream.

공부할 때의 고통은 잠깐이지만 못 배운 고통은 평생이다.

The pain of study is only for a moment, but the pain of not having studied is forever.

공부는 시간이 부족한 것이 아니라 노력이 부족한 것이다.

In study, it's not the lack of time, but lack of effort.

행복은 성적순이 아닐지 몰라도 성공은 성적순이다.

Happiness is not proportional to the academic achievement, but success is.

공부가 인생의 전부는 아니다. 그러나 인생의 전부도 아닌 공부 하나도 정복하지 못한다면 과연 무슨 일을 할 수 있겠는가?

Study is not everything in life, but if you are unable to conquer study that's only a part of life, what can you be able to achieve in life?

피할 수 없는 고통은 즐겨라.

You might as well enjoy the pain that you can not avoid.

성공은 아무나 하는 것이 아니다. 철저한 자기관리와 노력에서 비롯된다.

Success doesn't come to anyone, but it comes to he self-controlled and the hard-working.

최고를 추구하라. 최대한 노력하라. 그리고 최초에는 최고를 위한 최대의 노력을 위해 기도하라.

Pursue the top. The maximum endeavor. And to the beginning for the effort of the maximum for a top intend.

미래에 투자하는 사람은 현실에 충실한 사람이다.

A person who invest in tomorrow, is the person who is faithful to today.

학벌이 돈이다.

The academic clique is money itself.

고통이 없으면 얻는 것도 없다.

No pains No gains.

성적은 투자한 시간의 절대량에 비례한다.

Academic achievement is directly proportional to the absolute amount of time invested.

가장 위대한 일은 남들이 자고 있을 때 이뤄진다.

Most great achievements happen while others are sleeping.

불가능이란 노력하지 않는 자의 변명이다.

Impossibility is the excuse made by the untried.

노력의 대가는 이유 없이 사라지지 않는다. 오늘 걷지 않으면 내일은 뛰어야 한다.

The payoff of efforts never disappear without redemption. If you don't walk today, you have to run tomorrow.

여러분의 자녀와 손주에게 용기와 힘을 주는 좋은 글이다. 자녀와 손주가 이 중 자기 마음에 닿는 글을 책상 앞에 붙이고 자신이 세계 최고 명문대 학생들과 경쟁하는 마음으로 자발적으로 공부하고 노력할 수 있도록 동기 부여를 해 주시기 바란다.

그리고 이를 실천하면 칭찬하고 보상해 주자. 아이들의 자존심을 높여 주고 스스로 알아서 발전하는 길을 찾을 때까지 자극을 주고 인도해 주어야 한다. 본인이 어떤 사람이 될지 본인이 방향을 정하도록 도와주자.

부모와 자녀가
꼭 읽도록 권장하는 책

■ 부모가 읽어야 할 책

『부모라면 유대인처럼』
(평범한 아이도 세계 최강의 인재로
키워내는 탈무드식 자녀 교육),
고재학 지음, 위즈덤하우스

이 책의 저자는 인류사에 큰 발자취를 남긴 인물들이 공교
롭게도 유대인이라는 사실이 경이롭게 느낀다. 하지만 더 놀
라운 점은, 이처럼 막강한 파워가 과거의 일이 아니라 현재도
여전히 진행 중이라는 사실이다.

금융재벌 로스차일드, 석유재벌 록펠러, 투자계의 대부 조

지 소로스, 미국의 경제 대통령으로 불린 앨런 그린스펀, 노벨평화상을 받은 외교관 헨리 키신저, 스타벅스 창업자 하워드 슐츠, 영화감독 스티븐 스필버그와 우디앨런….

정치, 경제, 언론, 문화 등 전 영역에 걸쳐서 유대인들의 파워는 아직도 우리를 놀라게 하고 있다.

유대인 성공의 진짜 비밀은 무엇인가?

바로 교육이다. 유대인의 우수성은 그들의 독특한 교육법에 기인한다. 유대인 교육의 핵심은 지식 교육과 인성 교육의 균형, 즉 흔히 말하는 전인교육(全人敎育)이 있기 때문이다.

예를 들어 보면 미국 아이비리그 학생의 4분의 1, 미국 억만장자의 40%가 유대인이다.

반면 한국 학생들은 고등학교 때까지 상위권을 유지하다가도, 대학에만 가면 학습경쟁력이 곤두박질한다. 미국 명문대에 입학한 한국 학생 가운데 44%가 중도 탈락한다. 유대인 학생 중퇴율 12.5%의 4배에 달하는 수치다.

『포춘』이 선정한 500대 기업에 재직하는 간부 현황 조사에서 한인은 전체의 0.3%인 데 비해 유대인은 41.5%나 된다는 것을, 재미동포의 미 컬럼비아대 박사 논문에서 밝혔다.

한국 부모들의 자녀 뒷바라지 방법을 지금까지와는 다르게, 제대로 시켜야 한다. '지식 암기'에만 치중할 것이 아니라 균형 잡힌 '전인교육'을 실천해야 한다. 유대인 부모들이 하는 것처럼 말이다.

유대인 부모들은 가정교육에 엄격하다. 부부가 서로 존중하기, 가족이 함께 식사하기, 매일 베갯머리 독서 15분, 거르지 않는 가족 아침밥 먹기 등 규칙들은 언뜻 사소해 보이지만, 아이들의 습관, 품성, 인격, 나아가 지능까지도 상당 부분 가정교육에서 결정된다.

그리고 그 사소한 규칙들이야말로 슈퍼 인재를 키워 내는 핵심 요소이다.

우리는 과감히 그들이 하는 가정교육 방법 중 좋은 것은 배우고 우리의 것으로 만들어, 성공적인 자녀, 손주 교육을 할 수 있도록 본 책이 젊은 부모님들에게 읽히기를 바란다.

■ 자녀가 읽어야 할 책

『공부는 내 인생에 대한 예의다』
(세계를 놀라게 한 자랑스런 한국인
이형진의 공부철학),
이형진 지음, 쌤앤파커스

이 책의 저자 이형진은 SAT, ACT 만점, 아이비리그 9개 대학 동시 합격 등 화려한 프로필로 세계를 놀라게 한 공부 지존 학생이다.

자신이 세운 원칙, 자신의 기준으로 살아가자는 것, 내가 공부하는 것은 내 인생에 대한 예의라고 말하고, '내 삶의 주인은 나'여야 한다고 말한다.

스스로 내 인생을 소중하게 가꾸지 않으면 아무도 대신 가꾸어 주지 않는다. 공부는 그중 한 선택지일 뿐이다. 기왕에 해야 할 공부라면 그 누구도 아닌 나 자신을 위해 기꺼이 즐기기를 바란다.

중·고등학교 내내 이형진 군은 아침에 예습을 하기 위해 새벽 5시에 일어났다. 이형진 군은 방학 기간을 보내는 데도 아래와 같이 계획을 세우고 실천에 옮겼다.

- **첫째,** 집중력이 필요한 과목은 오전에 공부한다.

- **둘째,** 다음 학기 준비, 선행 학습은 1개월 내외 분량으로 조절한다.

- **셋째,** 주말은 일주일 치 공부를 총정리하는 날로 활용한다.

- **넷째,** 자유시간을 충분히 확보한다.

- **다섯째,** 방학 때 읽을 책을 미리 정해 둔다.

왜 공부를 해야 하는지, 자신이 공부를 자발적으로 기쁘게 할 수 있으며 어떻게 공부를 해야 효율적으로 할 수 있는지 방법을 확인할 수 있는 책이다.

내 자식 또는 손주가 읽어야 할 책으로 추천하며 선물로 전달해 읽게 해 주면 큰 도움이 될 것이다.

"낙관론자는 고난이 닥쳐도
언제나 좋은 기회를 찾게 되지만,
비관론자는 여러 차례 기회가 찾아와도
고난을 보게 된다."

영국 수상 처칠

Part 5

✳

시련, 우리 삶의
필요 충분 조건

시련(試鍊)이 없는 것에는
알맹이가 여물지 않는다

호두 과수원 주인이 신을 찾아가 간청했다.

"저에게 한 번만 일 년의 일기(日氣)를 맡겨 주셨으면 합니다."

"왜 그러느냐?"

"이유는 묻지 마시고 딱 일 년만 천지 일기 조화가 저를 따르도록 해 주십시오!"

하고 간곡히 조르는 바람에 신은 과수원 주인에게 일 년 일기를 내주고 말았다.

햇볕을 원하면 햇볕이 쨍쨍했고, 비를 원하면 비가 내렸다. 모든 게 순조롭게 되어 갔다.

이윽고 가을이 왔다. 호두는 대풍년이었다. 과수원 주인은 산더미처럼 쌓인 호두 중에서 하나를 집어 깨뜨려 보았다.

그런데 이게 웬일인가? 알맹이가 없이 텅 비어 있는 게 아닌가? 다른 호두도 깨뜨려 보았지만, 마찬가지로 텅 빈 것은 마찬가지였다.

그러자 과수원 주인은 신을 찾아가 어찌 된 일이냐고 항의를 하였다.

그러자 신은 빙그레 웃으면서 이렇게 대답했다.

"이봐, 시련이 없는 것에는 그렇게 알맹이가 여물지 않는 법이라네. 알맹이란 폭풍 같은 방해도 있고 가뭄 같은 갈등도 있어야 껍데기 속의 영혼이 깨어나 여문다네."

우리네 인생사도 마찬가지다.

매일매일 즐겁고 좋은 일이나 자기가 바라는 대로만 계속된다면 우리 영혼 속에 알맹이가 여물지 않을 것이다.

어렵고 힘들고 고통스러운 일도 병행되어야 함을, 호두 알맹이의 교훈이 가르쳐 준다. (받은 좋은 글 중에서)

험준한 계곡에서 살아난 나무가
좋은 원료가 된다

로키산맥같이 험준하고 깊은 계곡에서
비바람과 눈보라의 고통을 뚫고
죽지 않고 살아난 나무가
공명에 가장 좋은 원료가 되어
세계적인 명품 바이올린이 된다고 합니다.

이처럼 고난과 역경 뒤에
위대한 작품이 나오고 명품이 나오듯이
우리도 시련과 환란을 통해
귀하게 쓰임받는 존재가 되는 것입니다.

생활이 궁핍하다 해도
여유 있는 표정을 갖는 사람은
행복한 사람입니다.

세찬 비바람과 눈보라의 고통을 뚫고 죽지 않고 살아난 나무가 세계적인 명품 바이올린이 되듯이 쉽게 얻어지는 것은 없다는 것을 기억하며, 현실의 어려움을 탓하지 않고 이겨 낼 때 우리에게 빛나는 내일이 있다는 것을 보너스 인생을 사는 우리도 기억하고 열심히 오늘을 즐겁게 살도록 노력해 보면 어떨지.

태풍은 바다에
필요한 재앙인가?

태풍이 불면 많은 피해를 입습니다.
그러나 태풍이 있기 때문에
바다가 정화된다고 합니다.

온갖 더러운 물들이 바다로 몰려 들어가
바다를 썩게 할 수 있지만
태풍으로 산소가 공급되어
바다를 깨끗하게 만든다는 것입니다.
그러므로 때론 태풍도 유익합니다.

우리의 인생에 고난이 찾아올 때
그 고난을 유익하게 바라보는 지혜와 인내가
우리에게 필요하다는 생각이 듭니다.

인생에도
춘화현상(春化現象)이 적용된다

호주 시드니에 사는 교민이 고국을 다녀가는 길에 개나리 가지를 꺾어다가 자기 집 앞마당에 옮겨 심었다고 한다.

이듬해 봄이 되었다. 맑은 공기와 좋은 햇볕 덕에 가지와 잎은 한국에서보다 무성했지만 꽃은 피지 않았다. '첫해라 그런가 보다.' 하고 여겼지만, 다음 해에도 3년 후에도 꽃은 피지 않았다.

그리고 비로소 알게 되었다. 한국처럼 혹한의 겨울이 없는 호주에서는 개나리꽃이 아예 피지 않는다는 것을….

저온을 거쳐야만 꽃이 피는 것은 전문용어로 춘화현상(春化現象)이라고 한다. 튤립, 히아신스, 백합, 라일락, 철쭉, 진달래 등이 모두 같은 현상을 보인다.

인생은 마치 춘화현상과도 같다. 인생의 눈부신 꽃은 혹한을 거친 뒤에야 피는 법이다.

그런가 하면, 봄에 파종하는 봄보리에 비해 가을에 파종하여 겨울을 나는 가을보리의 수확이 훨씬 더 많다. 인생의 열매는 마치 가을보리와 같아 겨울을 거치면서 더욱 풍성하고 견실해진다.

현실이 매우 어렵고 노력을 해도 성공에 대한 확신이 없으면 시간이 갈수록 미래는 더욱 어둡게만 보인다. 그러나 좌절하지 말자. 인생의 꽃과 열매가 맺히는 봄은, 추운 겨울을 지나야 더 아름다운 꽃을 피울 테니 말이다.

한국처럼 혹한의 겨울이 없는 호주에서는 개나리꽃이 피지 않는다는 것.

우리의 인생도 마치 춘화현상과 같다. 인생의 눈부신 꽃은 혹한을 거친 뒤에야 피는 법이다. 봄에 파종하는 봄보리에 비해 가을에 파종하여 겨울을 나는 가을보리의 수확이 훨씬 더 많듯이, 우리의 인생도 현실이 매우 어렵고 힘들어도 좌절하지 말자.

인생의 꽃과 열매도 추운 겨울을 지나야 아름다운 꽃과 더 큰 열매를 맺는다.

긍정적인 마인드가
필요한 이유

필리핀 속담에 "하고 싶은 일에는 방법이 보이고, 하기 싫은 일에는 변명이 보인다."라는 말이 있다.

무엇이든 할 수 있다고 생각하는 사람, 긍정적인 사람은 방법을 찾기 위해 노력한다. 그러나 해 보기도 전에 할 수 없다고 생각하는 사람, 즉 부정적인 사람은 변명과 이유부터 찾으려고 애를 쓴다는 의미다.

전자는 언제나 에너지가 넘치며, 아무리 어려운 상황에서도 파이팅을 외쳐 주위 사람에게 그 기운을 전파한다.

하지만 후자는 환경과 자신의 처지를 원망하며 아무것도 시도해 보지 않은 채 서서히 나쁜 늪 속으로 빠져들게 된다. 이들의 공통된 특징은 행복하지 않다는 것이다.

다른 사람의 행운을 부러워하지 않고, 내 손안의 행복에 감사할 줄 아는 긍정적인 사람은, 특히 어려운 상황에서 그 진가를 발휘한다. 자신의 앞을 막아선 어떤 벽 앞에서도 결코 좌절하지 않고 해결 방법을 모색하기 위해 끊임없이 도전하는 모습을 보인다.

한마디로 열정이 있는 것이다. 이 열정은 창의력, 돌파력, 적극성, 지속성으로 이어져 결국 성공하는 습관으로 정착된다.

이처럼 매사에 긍정적인 마인드를 가질 때 우리는 삶에서 좋은 결실을 맺고 행복한 삶을 누릴 수 있다. 동일한 사안도 마음가짐에 따라 다른 결과를 만들 수 있는 것이다.

그 단순한 차이가 삶의 큰 차이를 만들어 낸다.

우리는 부정적 사고를 긍정적 마인드로 바꾸어 세상을 바라보는 인식을 가져야 한다.

긍정은 긍정을 낳고, 부정은 부정을 낳을 수밖에 없는 것이 현실이며, 긍정적인 사고로 현실을 받아들이며 모든 일을 할 때 몸에서 성공 유전자가 나와 원하는 목표를 달성하고 좀 더 발전적인 삶을 살 수 있다.

불굴의 집념이
만들어 낸 결과

중국산 대나무는 심고 나서 물과 거름을 주지만, 4년 동안 이 대나무는 거의 혹은 전혀 성장하지 않는 것처럼 보인다. 그러나 5년째 되는 해에 놀랍게도 나무는 5주일 동안 높이가 90피트나 자란다고 한다.

이 현상을 보고 사람들은 물을지도 모른다.

"중국산 대나무는 5주일 동안에 90피트가 자란 것인가요?"

답은 당연히 5년이다.

5년 중, 어느 시기라도 사람들이 물과 비료 주기를 중단했다면 그 나무는 죽고 말았을 것이다.

때로 우리는 꿈과 계획이 중국산 대나무처럼 성장하지 않는 것처럼 느껴지기도 한다. 그럴 때 우리는 포기하거나 중단하기 십상이다. 그러나 성공하는 사람들은 그 꿈들이 현실화되도록 계속해서 물과 비료를 준다.

우리도 할 수 있다. 우리가 그들처럼 중단하지 않는다면, 즉 우리가 인내와 끈기를 보인다면 우리는 반드시 꿈을 이룰

수 있을 것이다.[1]

　세상 모든 일에는 노력과 시간이 필요하다.

　세상에 노력 없는 소득은 없다(No Pains No gains.)는 말처럼
쉽게 되는 것은 없다. 대나무의 예와 같이 4년 동안 물과 거름
을 주었기 때문에 5년째 되는 해에 5주 동안 높이가 90피트까
지 자랄 수 있었던 것이다.

　우리가 노력해도 결과가 생각처럼 바로 나오지 않을 때 좌
절하고 포기한다. "수많은 사람들이 성공을 이루지 못하고 실
패하는 가장 큰 이유는 성공하기 직전에 포기하기 때문이다."
라고 『성공한 사람들의 자기관리 법칙 1·2·3』의 이채윤 저
자가 말한다.

　그렇다. 우리는 성공할 때까지 절대 포기하지 않는 삶을 살
아야 한다.

1　차동엽 신부, 『무지개 원리』, 동이, 173쪽.

"인생은 멀리서 보면 희극이고

가까이 보면 비극이다."

찰리 채플린

Part 6

사회에 봉사하는
사람의 향기

행복한 삶이란
봉사하는 삶이다

미국 최대 부자 록펠러는 33세에 백만장자가 되었고, 43세에 미국 최대 부자가 되었으며, 53세에 세계 최대 갑부가 되었지만 행복하지 않았다고 한다.

55세에 그는 불치병으로 1년 이상 살지 못한다는 사형선고를 받았다. 최후 검진을 위해 휠체어를 타고 갈 때, 병원 로비에 걸린 액자의 글이 눈에 들어왔다.

"주는 자가 받는 자보다 복이 있다."

그 글을 보는 순간, 마음속에 전율이 생기고 눈물이 났다. 선한 기운이 온몸을 감싸는 가운데 그는 눈을 지그시 감고 생각에 잠겼다.

조금 후, 시끄러운 소리에 정신을 차리게 되었는데 입원비 문제로 다투는 소리였다. 병원 측은 병원비가 없어 입원이 안 된다고 하고, 환자 어머니는 울면서 사정을 하고 있었다. 록펠러는 곧 비서를 시켜 병원비를 지불하고는 누가 지불했는지 모르게 했다.

얼마 후, 은밀히 도운 소녀가 기적적으로 회복되자 그 모습을 지켜보던 록펠러는 얼마나 기뻤던지 나중에 그의 자서전에서 그 순간을 이렇게 표현했다.

"저는 살면서 이렇게 행복한 삶이 있는지 몰랐습니다.
그때 그는 나눔의 삶을 작정합니다.
그와 동시에 신기하게 그의 병도 사라졌습니다."

그 후 그는 98세까지 살며 선한 일에 힘썼다. 나중에 그는 회고한다.

"인생 전반기 55년은 쫓기며 살았지만
후반기 43년은 행복하게 살았습니다.
이렇게 남에게 내 것을 베푸는 삶,
가진 것이 없으면 타인을 또는 세상을 위해
봉사하는 삶은 행복한 삶입니다." (공감하는 좋은 글 중에서)

사랑은 받는 것보다 주는 것이 더 행복하다.
하물며 물질적으로 이웃에게 사랑을 베푸는 것은 고귀하고 행복한 일이며, 하늘나라에 금은보화를 쌓는 것이다. 그리고 나 자신도 누구보다 행복해진다.

하늘에 계신 하느님께서도 이를 보시고 기억하실 것이며, 돕는 착한 이에게 큰 축복을 내리실 것이다.

700회가 넘는
혼례식의 주례(主禮) 봉사

필자는 2004년 사회봉사 차원에서 예식의 주례를 시작하였으며, 2020년 12월 J군과 K양의 예식으로 700번째 주례봉사를 하였다.

사랑으로 열매를 맺고 두 사람이 새로운 인생을 출발하는 인륜지대사의 자리에서 두 사람이 일생 동안 어떻게 살아갈지 이정표를 제시해 주는 간결하면서도 좌우명이 될 수 있는 주례사로 그들의 미래를 축복하고, 행복한 삶을 살아갈 수 있도록 인도해 주는 것이 주례의 역할로서 그간 신랑 신부에게 도움이 되는 좋은 덕담을 해 주기 위해 부단한 노력을 해 왔다.

신랑 신부가 예식을 마치고 행진할 때 울려 퍼지는 〈멘델스존의 결혼행진곡〉은 해피엔딩으로 끝나는 《한여름 밤의 꿈》 수록곡의 제5막에 흐르는 곡이다.

두 쌍의 연인이 여러 사건에 휘말렸다가 모든 문제를 해결한 후 결혼하기 때문에 환희가 넘친다. 경쾌한 트럼펫 소리에 뒤이어 행진곡의 주요 테마가 힘차게 연주되는 멋지고 웅장한

예술품으로, 예식에서 피날레를 멋지게 장식해 준다.

《한여름 밤의 꿈》은 영국의 대문호 셰익스피어 희곡을 바탕으로 작곡됐다고 한다.

필자의 기억에 남는 예식은 선상(船上)에서의 예식으로, 2006년 7월 K양과 조지(George) 군의 영어주례 결혼식에서 혼인서약, 성혼선언문 낭독 후 가톨릭 신자인 신랑의 요청으로 가톨릭 성서 신약의 '고린토전서'(사도 바오로가 고린토 신자들에게 보낸 첫째 서간 13장, 1-9절) 말씀을 봉독하게 되었다.

이는 사랑의 중요성을 전하는 내용이다.

- 내가 인간의 여러 언어와 천사의 언어로 말한다 하여도 나에게 사랑이 없으면 나는 요란한 징이나 소란한 꽹과리에 지나지 않습니다.

(If I speak with the tongues of men and of angles, but do not have love, I have become a noisy going or a clanging cymbal.)

- 내가 예언하는 능력이 있고 모든 신비와 모든 지식을 깨닫고 산을 옮길 수 있는 큰 믿음이 있다 하여도 나에게 사랑이 없으면 나는 아무것도 아닙니다.

- 사랑은 불의에 기뻐하지 않고 진실을 두고 함께 기뻐합니다.

예식에서 성서 구절까지 봉독하며 신앙인으로서 영원한 사랑을 약속한 G군의 진지한 모습이 좋아 보였으며 미국식 식순으로 웨딩 예식이 진행되었다.

신랑 신부가 신랑 부모님께 인사드릴 때는 절을 하는 대신 미국식 인사로 포옹(Hug)을 하였다. 예식이 끝나고 신랑 신부 행진 후 신부 들러리와 신랑 들러리가 퇴장하고, 신부 아버님, 어머님 퇴장 후 신랑 어머님, 아버님이 퇴장하면서 뒤이어 주례가 퇴장하는 전통적인 미국식 식순으로 예식을 진행하였다.

본 주례가 결혼 기념으로 신랑에게 성모 마리아상 판화를 선물했으며, 예식 며칠 후 미국에서 예식 참석차 한국에 온 신랑 측 두 부모님(Jim and Landlord)의 초대로 저녁 식사를 함께하게 되었다.

과거 필자는 미국 뉴욕과 캘리포니아에 살았었는데, 미국은 51개 주를 1년에 1개 주씩 방문해도 50년이 걸리는 큰 나라로, 미국 서부에서 동부까지 자동차로 동서를 횡단하는 데 3~4일 걸리는데 이것이 미국인들의 버킷리스트(Bucket list) 중 하나이다.

이러한 이야기를 나누던 중, 2016년 5월 11일 매스컴에 보도된 살을 빼기 위해 걸어서 미국 서부를 출발해 미국 횡단에 나서 화제를 모았던 '스티브 보트'(당시 40세)에 대한 대화를 하게 되었다.

그가 마침내 뉴욕에 도착 횡단에 성공했으며, 체중이 186㎏
이나 되어서 걷기도 힘들어지자 자신의 건강을 지키기 위해
지난해 4월 10일 미 대륙 서쪽 끝인 샌디에이고(SanDiego)에서
동쪽 끝 뉴욕까지 걷는 동안 운동화 15켤레가 헤졌으며, 그는
지난해 11월 초 목표 거리의 절반에 해당하는 1400마일을 걸
었지만 너무 지쳐서 두 달간 휴식을 취하기도 했다는 것이다.

다음 해 1월부터 다시 길을 나선 보트는 결국 5월 9일 저녁
(동부시간) 뉴욕의 조지워싱턴브리지를 건너면서 2,843마일
(4,800㎞)을 걷는 엄청난 일을 해냈다.
미 대륙을 걸어서 횡단한 그는 체중 48㎏을 빼는 데 성공했
으며 보트 씨는 "가장 좋았던 것은 대륙을 횡단하면서 만난 사
람들"이라는 보도 내용을 화제로 대화를 나누며, 화기애애한
분위기 가운데 친교의 시간을 가질 수 있었다. 미국인 예식
관습을 주례로서 직접 경험할 수 있었던 좋은 추억으로 남게
되었다.

한국에서는 주례 자격을 정부가 인정한 민간 단체에서 교
육 이수 후 테스트 과정을 거쳐 주례 자격 인증서를 주고 있
다. 물론 필자도 2005년 7월 주례 자격 인증서를 취득하였으

며 그간 영어, 일어, 중국어 및 한국어로 예식을 20여 년 주관해 왔다.

참고로 미국에서는 주별로 다르기는 하지만, 정부 차원의 주례 자격증(라이센스) 제도가 있어 주례를 할 수 있는 자격을 제한하고 있으며, 뉴욕시의 경우 시장·판사·검사 등 고위직 공무원을 지냈거나 종교 지도자의 경우로 주례 자격을 제한하여 '라이센스'(자격증)를 주고 있으며 주례는 상당히 고품격 품위를 갖춘 사람들로 사회적으로 높은 존경을 받는 대상이다.

어느 블로그(Blog)에서 참된 사랑이란 사랑을 얻기 위해 무엇이든 다 해 주는 것이 아니라 사랑을 얻고 난 후에 변함없이 사랑해 주는 것이라는 내용의 글을 보았다. 사랑을 얻기 위해 출발할 때의 초심을 잃지 않고 지키는 것이 참다운 사랑이 아닐까 생각해 본다.

"부부 관계란 어진 아내는 귀한 남편을 만들고, 어진 남편은 귀한 아내를 만든다. 즉, 어진 아내는 그 남편을 귀하게 만들고, 악한 아내는 그 남편을 천하게 만든다."는 『명심보감』의 말씀을 생각해 본다.

2013년 4월 예식 주례집전 사진

예식 주례 집전 사진

2010년 5월 예식 주례집전 사진

2011년 10월 예식 주례집전 사진

말은
사람의 향기

프랑스 휴양도시 니스의 어떤 카페에는 이러한 가격표가 붙어 있다.

- Coffee!   - 7 Euro

- Coffee please!   - 4.25 Euro

- Hello, coffee please!   - 1.4 Euro

"커피."라고 반말하는 사람에게는 커피값으로 1만 원을, "커피 주세요!"라고 주문하는 사람에게는 6천 원을, "안녕하세요? 커피 한 잔 주세요!"라고 예의 바르고 상냥한 손님에게는 2천 원을 받겠다는 이야기다.

기발한 가격표를 만든 카페 주인은 손님들이 종업원에게 함부로 말하는 것을 보고 아이디어를 냈다고 한다.

말 한마디에 천 냥 빚을 갚는다는 옛말이 있듯이, 상대를 배려하는 마음의 말을 건넬 때 세상은 아름다워지지 않을까?

결초보은(結草報恩)의
유래와 의미

춘추시대, 진나라에 '위무자'라는 사람이 있었다. 그에게 아끼는 첩이 있었으나 둘 사이에 자식은 없었다. 위무자가 병이 들어 눕자 본처의 아들인 '위과'에게 말했다.

"첩이 아직 젊으니 내가 죽거든 다른 곳에 시집보내도록 하라."

그런데 병이 깊어지자 말을 바꾸었다.

"나를 묻을 때 첩도 함께 묻어라."

아버지가 돌아가시자 '위과'는 난감했다.

처음에는 시집보내라고 했다가 다시 자신과 함께 묻으라고 유언을 바꾸었기 때문이다. 한동안 고민하던 그는 결국 첩을 살려 주어 다른 곳으로 시집보냈다.

그 이유를 묻자 이렇게 대답했다.

"병이 깊어지면 생각이 흐려지기 마련이오. 정신이 맑을 때 아버지가 처음 남긴 유언을 따르는 게 옳다고 생각하오!"

그 뒤 진(晉)나라가 다른 나라에게 침략당하자 '위과'는 군대를 거느리고 전쟁터로 향했다.

양측이 싸움을 벌일 때 이상한 일이 일어났다. '위과'의 군대는 적군의 공격에 몰려 위태로운 처지에 빠져 있었다. 그때 한 노인이 나타나 무성하게 자란 풀들을 잡아매어 온 들판에 매듭을 만들어 놓았다.

적군들은 말을 타고 공격해 오다 거기에 걸려 넘어져 이리저리 나뒹굴었다. 그 틈을 타, 공격하자 '위과'는 손쉽게 승리를 거둘 수 있었다. 적의 용맹한 장수 '두회'도 사로잡았다.

'위과'는 그 노인이 누구인지 궁금했지만 어디론가 홀연히 사라져 알 수 없었다. 그날 밤 그 노인이 나타나 말했다.

"나는 그대가 시집보내 준 여자의 친정아버지요, 그대가 그대 아버지의 첫 번째 유언대로 내 딸을 살려 주어, 그 은혜에 보답했다오."

이 이야기에서 결초보은(結草報恩)이 유래했는데 "풀을 묶어 은혜를 갚는다"라는 뜻이다.

우리 속담에 "뿌린 대로 거둔다."라는 말이 있다. 이처럼 '위과'는 자신이 은혜를 베풀었기 때문에 훗날, 그 대가를 받았다. 반대로 노인은 죽어서까지 그 은혜를 잊지 않고 갚았다. (공감하는 좋은 글 중에서)

노인이 딸에 대한 배려에 감사하는 마음으로 '위과'의 전쟁터 적군들 진지의 무성하게 자란 풀들을 잡아매어 온 들판에 매듭을 만들어 놓아, '위과'가 손쉽게 전쟁에서 승리를 거둘 수 있도록 은혜를 갚았듯이, 우리가 누구의 도움을 받았을 때 잊지 않고 보답하는 노인의 마음같이 결초보은하는 삶을 살아 갔으면 한다.

은퇴 준비는
30대부터 하라

세상살이 고민의 70%는 돈 걱정이라 하는데, 보통 사람이 일생 동안 버는 돈의 양은 거의 비슷하다고 한다.

결국 잘사는 사람은 남보다 아껴 쓰는 사람들이다. 문제는 아껴 쓰는 요령인데, 근본책은 생활을 간소화하는 것이다.

돈 걱정 안 하는 삶의 준비는 신혼 초부터 은퇴할 때까지 매월 모든 수입의 4분의 1, 즉 25%를 뚝 떼어 저축하라.

10년이 지나면 저축액이 크게 늘어나고, 20년이 지나면 목돈이 저축되어 마음에 여유가 생기며 결혼 생활도 한층 여유롭게 된다. 저축이 있고 없고의 차이가 이렇게 다르다.

이것 한 가지만 잘 실천하면 평생 돈 걱정 안 하고 살 수 있다.

가능하면 현금 또는 체크카드(Check Card)를 사용하는 것이 좋다.

돈이 얼마 남았는지 알 수 있고, 충동 구매를 줄이게 되며 현금을 사용하기 때문에 예산 범위 내에서 지출하게 되는 절약이 습관적으로 생활화되게 된다.

세계의 손꼽히는 부자 워런 버핏은 신용카드를 사용하지 않았으며 현금만을 사용했다고 한다. 돈 관리에 철저한 워런 버핏이 자신의 관리를 철저히 하였는지 보여 주는 대목이다.

신용카드(Credit Card)를 사용하게 되면 돈이 나가는 것이 실감 나지 않아 충동 구매를 하게 되며, 통제가 쉽지 않아 생각지 않게 많이 청구된 카드 청구서에 놀라게 되고, 절제 있는 생활이 힘들어져 매월 카드값 결제하느라 힘든 생활의 연속이 될 가능성이 높다.

결국 매월 소득의 4분의 1을 뚝 떼어 저축하고 생활 규모를 형편에 맞게 설정하여 보자. 그리고 그 안에서도 여윳돈 또는 상여금 등 생각지 않은 돈이 생기면, 하고 싶은 것이 많겠지만 눈 딱 감고 저축하는 습관을 들인다면, 노후 준비는 물론 원금이 복리로 늘어 저축액이 크게 늘어나게 될 것이다.

신혼 초부터 은퇴 시까지 저축한 돈은 어떤 일이 있어도 해약하는 일이 있으면 안 된다는 것을 염두에 두고 '저축'을 목숨처럼 은퇴 후를 위해 지키는 각오가 단단해야 할 것이다.

이러한 굳은 각오로 은퇴 후를 위해 저축한 돈을 지킨다면 행복한 인생과 안락한 노후를 보장받을 수 있을 것이며, 30년이 지나면 큰 목돈이 통장에 들어 있고 이자가 복리로 늘어나

는 등 행복과 보람을 크게 느끼는 여유 있는 삶이 될 것이다
(월 200만 원 저축의 경우 30년 후 원금만 7.2억 원, 250만 원
의 경우 원금만 9억 원, 상여금 등 보너스 저축 시 추가 금액
증가).

자녀들에게도 어려서부터 통장을 만들어 주어, 저축의 중요
성을 일깨워 주고 용돈부터 저축하는 습관을 길러 주는 것은
자녀 교육 중 아주 중요한 부분임을 기억해야 할 것이다.

내가 너희에게 말한다.

청하여라, 너희에게 주실 것이다.

찾아라, 너희가 얻을 것이다.

문을 두드려라, 너희에게 열릴 것이다.

누구든지 청하는 이는 받고, 찾는 이는 얻고,

문을 두드리는 이에게는 열릴 것이다.

루카 11,9-11

Part 7

신앙을 갖는 것은
큰 축복이다

나이 들어 신앙을 갖는 것이
축복인 이유

신앙이 있느냐 없느냐는 후반부 인생에 큰 차이가 나게 된다.
'월드 팩트북(World Factbook)'에 따르면 2017년 7월 현재 세
계 인구는 약 70억 2천만 명이고 그중 약 88%가 종교인이며
12%가 비종교인이다. 세계인의 88%인 약 62억 명이 종교를
갖고 있어 세상은 10명 중 9명이 종교인이다.

이렇듯 절대다수의 사람들이 종교에 관심을 갖고 있고 종교
의 필요성을 느끼고 있다. 실로 사람들은 '종교적 인간(homo
religiosus)'이라 할 만큼 사람은 본능적으로 종교를 필요로 하고
있다.

나이 들어 가면서 4가지 고통(老年四苦) 중 '고독고(孤獨苦)'
가 으뜸이다. 친구가 하나둘 세상을 떠날 때 자칫 우울증에
걸리거나 좌절할 수 있다. 이때 신앙마저 없다면 모든 것을
잃게 될 수도 있다. 신앙은 삶에 큰 의지와 힘이 된다. 신은
언제나 나의 편이다.

나이 들어서도 웰빙(Well-being), 웰에이징(Well-aging), 웰

다잉(Well-dying) 하려면 종교에 의지하는 삶을 살아가야 가능하며, 신앙을 갖은 이의 삶은 감사와 희망이 넘치게 되고, 생의 활력을 찾게 되며 삶의 질이 향상되는 등 밝은 노년을 보낼 수 있는 자신감의 원천이 된다.

또한 종교인, 특히 그리스도인에게 죽음은 끝이 아니라 새로운 생명으로 들어가는 문이기에, 죽음에 가까워질수록 신앙이 더 중요해지기 때문이다.

사람은 누구나 죽는다. 어쩌면 죽음이야말로 하느님께서 주시는 가장 공평한 선물일지도 모른다. 그러니 삶의 시간에는 끝이 있다. 이 사실이야말로 우리가 달릴 곳을 끝까지 다 달려야만 하는 이유이다.

아직 신앙이 없다면, 자신만 믿는 나 홀로 종교에서 벗어나 신앙을 갖기 위해 관심을 가질 시기이다.

필자에게 어느 종교를 택하면 좋겠느냐고 묻는다면 '가톨릭'을 택하라고 말씀드리고 싶다. 그 이유는 Part 7의 세 번째 이야기 "왜 가톨릭은 세계 최강 종교 브랜드인가?"를 참고하면 큰 도움이 되리라 믿는다.

천국과 지옥은
존재하는가?

영계를 오가며 지옥과 천국을 체험한 '에마누엘 스베덴보리'의 생애를 살펴보자.

스웨덴의 수도 스톡홀름에서 1688년 출생한 스베덴보리는 광산학자로서 권위를 인정받고 아이작 뉴턴과 같은 최고의 과학자 반열에 올랐으나, 57세에 심령적 체험을 겪은 후 하늘의 소명을 받고 시령자, 신비적 신학자로 전향했다.

이후 그는 27년간 영계를 자유자재로 오가며 지옥과 천국을 체험했고, 그 모든 것을 낱낱이 기록으로 남겼다.

소개하려는 내용은 인간은 사후에 영원한 세계가 기다리고 있다는 놀라운 희소식을 담고 있다.

신이 그에게 사후의 세계, 영계에 자유자재로 왕래하게 하신 것은 역사의 어떤 기적보다 큰 전무후무한 기적이었으며, 이와 같은 기적은 인류 창조 이래 그 어떠한 사람에게도 주어진 적이 없다.

태곳적 사람들이 하늘의 천사들과 대화한 예는 있으나 그와 같이 지상에 살면서 그 영적 세계를 드나든 적은 없었다. 그런데 그는 지상에서 보고 듣고 만지듯이 영계에 들어가 그 세계를 자유자재로 보고 듣고 만지면서 영인들과 대화할 수 있었다.

이 기적을 통해 그는 지상과 천상에서 동시에 살았으며, 영적 세계의 모든 진리를 파악하고 지상인들에게 사후의 세계가 분명히 있음을 알리고, 그들이 몰라서 지옥에 떨어지는 일이 없이 모두 천국으로 들어오도록 하는 것이었다.

스베덴보리의 기록은 사람들에게 남긴 최고의 선물임과 동시에 후대에 남긴 유언과도 같은 것이다.

– 나는 죽으면 어떻게 되는가?

– 사후세계가 있다면 거기에 천국과 지옥이 있는가?

– 천국과 지옥이 있다면 누가 천국에 가며, 누가 지옥에 가는가?

– 나에게 영혼이 있는가? 있다면 내 영혼은 어떻게 생겼는가?

– 나의 지상 생활과 사후세계는 어떤 관계가 있는가?

– 천국 가는 삶을 살자면 지상에서 어떻게 살아야 하는가?

스베덴보리의 기록에는 이러한 질문에 대한 답과 우리가 지상에서 어떻게 살아야 하는지에 대한 인생의 청사진이 담겨 있다.

이 이야기는 1745년 어느 날 밤, 스베덴보리가 영국 여행을 하던 중 잠을 자기 위해 침대에 막 누우려고 할 때 시작된다.

방 안으로 갑자기 환한 빛이 비쳐 대낮같이 밝아지더니, 신비로운 인물이 나타나 준엄한 어조로 스베덴보리에게 다음과 같이 말하는 것이었다.

"놀라지 마시오! 나는 하느님이 보내신 사자입니다. 나는 그대에게 사명을 부여하러 왔습니다. 나는 그대를 사후세계인 '영의 세계'로 안내할 것입니다. 그대는 그곳에 가서 거기 있는 영인들과 교류하고 그 세계에서 보고 듣는 모든 것을 그대로 기록하여 이 지상 사람들에게 낱낱이 전하시오. 그대는 이 소명을 소홀히 생각하지 마시오!"

이 말을 남기고 신비의 인물은 사라졌다. 이 불가사의한 인물을 만난 이후로 그에게 영계의 문이 활짝 열렸다.

이 능력은 지상에 그의 육체를 죽은 상태로 놔두고 영적인 몸 곧 영체를 육신으로부터 분리시키는 것이다. 그리하여 죽은 사람처럼 영인이 되어, 완벽한 영체로 영계에 가는 것이다.

육체로부터 영이 분리되는 것을 '체외 이탈'이라고 한다. 모든 인간은 지상에서 천수를 다하고 운명할 때 딱 한 번 체외 이탈을 경험한다.

영이 육체를 이탈하면 그것이 임종이며, 그 영체는 영원히 다시는 자기 육체에 돌아갈 수 없게 된다. 그것이 우리들이 말하는 사망이다.

하지만 죽는 것은 오직 육체뿐이다. 진짜 자신은 영원히 죽지 않는다. 다만 지상을 떠나 영계에 가서 영주하는 것뿐이다.

그렇다면 영체는 과연 무엇일까. 우리가 '나'라고 하는 것은 사실은 '영체'를 말하는 것이다. 육신에는 생명이 없다. 육신은 영체의 그릇이요 도구일 뿐이다. 지금 땅 위에 사는 모든 인간들은 자신들이 육신으로 살고 있다고 생각하지만 사실 육신을 살게 하는 주인은 그 육신 안에 거하는 '영체'이다.

'영체'가 '육체'를 떠나면 세상에서는 죽었다고 하지만 사실은 죽은 것도 아니요, 달라진 것도 아니다. 그 얼굴, 그 오관, 눈, 귀, 코, 입 그리고 감각, 뛰는 심장, 호흡하는 폐, 움직이는 손과 발… 전부 그대로이다. 더 중요한 것은 기억력, 감정, 사고력, 의식, 의지조차도 하나도 변함이 없다는 것이다.

영계에서 영인들과의 대화는 생각의 대화이다. 상념의 대화 또는 텔레파시라고 하며 스베덴보리는 영계에 들어가면 태곳적 사람들과는 물론 세계 각지에서 온 모든 영인들과 언어의 장벽 없이 자유자재로 대화할 수 있었다.

스베덴보리는 다음의 원칙을 머리와 가슴에 새겨야 한다고 강조했으며 이것은 절대 진리이며, 절대 진리를 알고 나서야 그가 전하고자 하는 바를 이해할 수 있다 했다. 그 원칙은 다음과 같다.

첫째, 영계는 존재할 뿐만 아니라 창조주께서 창조하신 것이다. 태초부터 지구에 왔다 간 모든 사람은 단 한 사람도 소멸되지 않고 모두 영계에 살고 있다.

둘째, 사람의 몸은 사실은 둘이다. 하나는 육신이요, 하나는 영체이다. 땅 위에서는 육신 속에 영체가 거주하고 있으며, 생명은 모두 영체 쪽에 있다. 육신은 영체의 도구일 뿐이다.

셋째, 사람이 지상에서 죽으면 자연히 영체는 육신으로부터 분리된다. 그것을 체외 이탈이라고 하며, 세상에서는 사망이라고 말한다. 그러나 사람은 결코 죽지 않는다. 죽는 것은 육신뿐이요, 영체는 영계로 이동해 영생하게 된다. 이 천리 법도는 아무도 어길 수 없다.

스베덴보리는 자기 안에 천국을 지으라 하며, 아래 7가지 질문에 대한 대답이 모두 긍정적이라면 종교를 갖고 있든 없든 당신은 마음속에 천국을 짓고 있는 것이며 당신은 천국 가는 길을 똑바로 가고 있는 중이라고 말했다.

- 나는 창조주 하느님을 인정하고 있는가? 나아가 하느님을 사랑한다고 말할 수 있는가?

- 내 이웃을 내 몸과 같이 사랑하고 있는가? 남의 기쁨을 내 기쁨으로 기뻐해 줄 수 있는가?

- 나는 내 양심을 인정하는가? 그리고 나는 양심적으로 생활해 왔는가?

- 내 마음이 가을 하늘처럼 푸르고 맑은가? 나는 원수를 용서했는가?

- 가정에서 부부간에 사랑으로 대하는가?

- 나는 유사시 내가 사랑하는 사람이나 나라를 위해서 생명을 바칠 수 있는가?

- 나는 범사에 감사하고 마음속에 항상 평화가 자리하고 있는가?

또한 아래 7가지 질문에 대답이 긍정적이라면 당신은 마음속에 지옥을 짓고 있다.

- 나는 하느님을 부인하는가? 그렇다면 나의 하느님은 누구인가? 과학인가? 지식인가? 권력인가? 돈인가? 명예인가?

- 내 행동의 모든 동기는 '자기 사랑', 곧 나를 위하는 데서 나오는가? 남이 잘되는 것을 시기하는가?

- 나는 나에게 유익하다면, 그리고 법이 무섭지 않다면 무엇이든지 할 수 있는가?

- 나는 누구를 미워하고 저주하며 꼭 복수해야겠다는 마음이 있는가?

- 나는 간음을 죄로 생각지 않는가?

- 나는 나에게 이롭지 않은 일에는 일절 참여하고 싶은 생각이 없는가?

- 나는 불만과 불평에 가득 차 있는가? 내 잘못은 모두 다른 사람 때문이라고 생각하는가?

위의 14가지 질문에 대해 정직하게 명상해 보면, 내 안에 천국이 지어지고 있는지 지옥이 지어지고 있는지가 명백해진다.

아는 것이 힘이다. 아는 것은 자기 인격 혁명의 출발이다.

알면 바꿀 수 있다. 그 방법이 회개요, 재생이다.

지금까지 소개해 드린 내용은 1688년부터 1772년까지 57세부터 27년간 영계를 오갔으며 84세에 영면한 천재 과학자의 『위대한 선물』이라는 감동적인 천국 체험기이다.

상기 내용에서와 같이 종교를 갖고 있든 없든 관계없이 14가지 질문 사항처럼, 바르게 세상을 사는 사람은 천국으로, 나쁜 마음으로 세상을 사는 사람은 지옥으로 가게 하는 하느님이 계시다는 것을 믿고, 그들이 몰라서 지옥에 떨어지는 일이 없이 모두 천국으로 들어오도록 하는 것이 하느님께서 스베덴보리에게 내려 주신 중요한 임무였다.

모든 이가 바른 삶을 살도록 인도하는 것이 우리가 택할 수 있는 최선의 삶의 기술이 아닐까 싶다.[1]

스베덴보리가 우리에게 알리고자 하는 것이 하늘나라에 천국과 지옥이 있으며, 우리가 종교를 갖고 있든 없든 관계없이 우리 마음속에 천국을 짓는 바른 삶을 살고 있는지, 지옥을 짓는 삶을 살고 있는지에 따라 천국과 지옥에 갈 수 있다는 이야기로, 바른 삶을 사는 사람에게는 천국의 문이 열려 있다는 것이다.

하느님께서 지상의 모든 사람들이 선하고 바른 삶을 살도록 인도하기 위해 스베덴보리에게 이런 중요한 임무를 내려 주신 것을 기억하길 바란다.

바른 삶을 살아 영원한 평화의 안식을 누릴 수 있는 천국에 갈 수 있도록 그 행복의 길을 우리에게 알려 주신 것이다.

아멘!

---

1 에마누엘 스베덴보리, 『스베덴보리의 위대한 선물』, 스베덴보리 연구회, 다산북스, 36, 37, 40~44, 275~278쪽.

왜 가톨릭은
세계 최강 종교 브랜드인가?

서방교회의 'Catholic'이란 말은 그리스어 'Katholieos'에서 나온 말로 범세계적, 일반적, 보편적이라는 의미다. 안티오키아의 이냐시오(Ignatius)가 '가톨릭교회'라는 용어를 최초로 사용하여 오늘에 이르고 있다.

동방교회는 처음에는 서방교회와 하나였으나 분열 이후 로마 가톨릭교회와는 대비되는 교회로 정교회(正敎會, Orthodoxy)라 호칭하여 오늘에 이르고 있다. 'Orthodoxy'란 말은 '정통, 정설, 정확한 영광'이라는 의미이다.

브랜드 경영 컨설팅그룹 옴니브랜드를 설립한 김성제 대표가 2014년 저술한 『종교 브랜드 시대』에서 세계는 거대한 종교 시장이라고 보았으며, 전 세계 인구 70억 명 중 88%, 약 62억 명이 종교를 갖고 있어 세상은 10명 중 9명이 종교인으로 채워져 있는 거대한 종교 시장이라고 한다.

이는 삶과 죽음을 다루는 종교의 주제가 전 인류에게 얼마나 절실하고 필수적인가를 한마디로 말해 주고 있는 것이다.

청량음료를 마시는 전 세계가 코카콜라 브랜드의 시장이듯 종
교가 필요한 전 세계가 종교 브랜드 시장이 된 것이다.

가톨릭, 이슬람교, 유대교, 힌두교, 불교, 프로테스탄트(개
신교) 등 수많은 종교들이 세계시장을 놓고 선교 경쟁을 해 오
고 있으며 그 최적의 선교 전략이 종교 브랜드여야 한다는 새
로운 개념이다. 종교 브랜드 가치평가에서 세계 최강 종교 브
랜드로 확인된 가톨릭 브랜드의 힘의 원천은 무엇인가를 알아
보고자 한다.

■ 가톨릭 브랜드의 힘의 원천

월드 팩트북(World Factbook)에 의하면 2012년 7월 기준 세
계 인구는 약 70억 2천만 명이며 그중 약 88%가 종교인이다.
그리스도교(가톨릭, 프로테스탄트, 정교회등)가 33.39%, 이
슬람교가 22.74%, 힌두교 13.8%, 불교가 6.77%, 유대교가
0.22%, 나머지 기타 종교들이 포함되어 있다.

그리스도교 33.39% 구성은 가톨릭이 약 19%, 프로테스탄
트(개신교)가 8%, 정교회가 5%, 성공회가 1.3%이다. 전 세
계 인구의 3분의 1을 그리스도교인들이 차지하는 만큼 그리스
도교는 세계적으로 막강한 영향력을 갖고 있는 종교이다.

그리스도교의 경전은 구약과 신약으로 이루어진 성경(Bible)
이다. 구약 성경은 히브리어로 쓰였고 신약 성경은 그리스어
로 쓰였다. 성경은 구약의 39권과 신약의 27권(천주교: 구약

46권, 신약 27권) 그리고 외경(11~15권)으로 구성되어 있다.

구약 성경이 1,000여 년 동안 기록되었다면 신약 성경은 50
여 년 동안 기록되었다.

구약 성경이 하느님과 이스라엘 백성과 맺은 약속을 통해
하느님의 뜻이 이루어지는 것이라면 신약 성경은 예수 그리스
도를 통해 구약에서의 예언이 성취되었음을 선포하며 예수를
하느님의 아들(Son of God)로 믿는 모든 사람들은 구원을 받는
다는 약속이다.

그리스도교의 변천사에서 1517년 종교개혁만큼 큰 변혁은
없을 것이다. 그리스도교가 1054년 서방교회와 동방교회로의
분열을 거쳐 로마 가톨릭에 항거한 종교개혁의 아픔을 거쳐
이제 그리스도교는 가톨릭, 정교회, 프로테스탄트(개신교)로
갈라져 오늘에 이르게 되었다.

세계 최초의 종교브랜드 가치평가 결과를 살펴보면 다음과
같다.

가중치	성장성 (25)	세계성 (25)	안정성 (20)	정체성 (15)	활동성 (15)	총계 (100)
가톨릭	22.5	25	18.6	12	13.7	91.8
프로테스탄트	15	20	11.4	9.0	10.5	65.9

이슬람교	25	22.5	14.6	13.5	9.0	84.6
힌두교	22.5	17.5	18.6	9.0	10.4	78.0
불교	16.2	17.5	15.4	9.0	8.6	66.7

한마디로 가톨릭 종교 브랜드 력이 상업브랜드와 종교브랜드 를 포함한 세상의 모든 브랜드 중에서 가장 높은 세계 최강 브랜드 라는 것으로 평가되었다.

가톨릭 신앙인이 된 이유로 마음의 평화를 얻을 수 있어서 (64.1%), 좋은 인성으로 나 자신을 바꿀 수 있어서(23.4%), 죽은 후 천당에 갈 수 있어서(9.3%), 외로움을 달래고 친구를 사귈 수 있어서(3.2%) 순으로 나타났다.

그리고 가톨릭교회에 대한 만족도 또한 매우 만족한다는 의견이 34.6%, 만족한다는 의견이 55.8%로, 만족한다는 의견이 대다수였다. 이에 따라 가톨릭교회에 대한 선교 의지도 매우 적극적 18.2%, 적극적 39.0%, 경우에 따라 42.3%로 긍정적인 답변이 이어졌다.

가톨릭교회의 가치를 높여 주는 가장 중요한 6가지 가치 요인에 대한 응답자의 평가 결과는 다음과 같다.

가치 요인	절대적이다	필요하다
가톨릭 전통성	47.7%	48.9%
7 성사	49.4%	47.0%
미사 전례	63.3%	38.1%
사제(주교, 신부)	64.2%	35.1%
수도자(수사,수녀)	57.0%	41.0%
교황, 교황청	61.1%	36.0%

가톨릭 신자들이 가장 중요한 가톨릭교회의 가치 요인으로 사제를 꼽고 있는 것은 사제의 역할이 얼마나 중요한가를 반증해 주는 것이다.[2]

■ 가톨릭 종교의 미래

가톨릭 중심축의 변화로서 2000년 동안 가톨릭의 중심 무대는 유럽과 북미였다.

20세기 초 1900년대 전 세계 가톨릭 인구수는 대략 2억

---

2   김성제, 『종교 브랜드 시대』, 지필미디어, 159, 263~266쪽.

6,650만 명이었는데, 이 중 2억 이상이 유럽과 북미에 살고 있었고 나머지 6,600만 명이 다른 대륙에 살고 있었다. 가톨릭은 철저히 북반구(선진국) 중심 종교였다.

그러나 2000년대에 들어와서는 이와는 반대로 13억 가톨릭 인구 중에서 3억 5천만 명 정도가 유럽과 북미에서 살고 있으며 절대다수인 7억 2천만 명 이상이 라틴 아메리카, 아프리카 그리고 아시아에 살고 있다. 특히 4억 명 이상의 가톨릭 인구가 남미에서 살고 있음은 주시해야 할 변화이다.

한마디로, 가톨릭의 중심축이 북반구(선진국)에서 남반구(개발도상국, 후진국)로 바뀌었다는 것이다.

2013년 3월 아르헨티나 출신 추기경이 예상을 뒤엎고 266대 교황(프란치스코 추기경)으로 선출된 사실은 가톨릭 중심축의 변화와 무관하지 않음을 증명해 주는 신호라 볼 수 있다.

프랑스, 미국, 일본 등 선진국의 가톨릭교회들이 사제의 부족으로 심각한 문제에 직면하고 있다. 이미 선진국 가톨릭교회에서는 남미, 필리핀 등지에서 사제를 초빙하여 교회를 운영하고 있다.[3]

---

3   위의 책, 324~325쪽.

† 찬미 예수님

한국은 신학교 졸업 사제 서품자가 지난 12년(2011~2023) 사이 35% 감소하였으나, 현재까지 사제 부족 문제는 없어 보인다.

그리고 종교가 없는 사람들이 종교를 갖게 되면 천주교를 택하겠다는 이야기를 주위에서 자주 듣고 있다. 특별히 엄숙한 미사 전례와 잘되어 있는 연도 시스템 등이 타 종교 신자 또는 종교가 없는 이들에게 좋은 인상을 주고 있어 이로 인해 천주교 신자 수도 늘어 가는 추세이다.

가톨릭(Catholic)이란 "보편적이다"라는 뜻이며, 남녀노소 빈부귀천을 막론하고 전 세계 모든 사람이 아무 차별 없이 다 같이 믿을 수 있는 종교라는 뜻이다. 그런데 가톨릭을 천주교 (天主教)라고 하는 이유는 우리보다 먼저 가톨릭을 전해 받은 중국에서 하느님을 천주(天主)로 부른 데서 그 원인을 찾을 수 있다.

하느님이란 하늘(天)의 존칭어이다. 광활하고 높은 하늘은 종교적 궁극자, 최고의 원리 등을 상징한다. 하느님의 본질은 유일하시며(이사 45, 18). 자존하시고, 영원(無始無終)하시며 (애가 5, 17-20; 이사 40, 28), 전지전능하신 분으로 만물을 초월하신다(예레 32, 17; 시편 135). 또한 하느님은 우주를 창조하시고 다스리시며 섭리하시는 분이시다.

예로부터 우리 조상은 하늘을 초자연적 능력과 힘을 지닌 존재로 여겼고 만물의 으뜸으로 생각하였다. 그래서 신(神)을 가리킬 때 '하늘'에 '님' 자를 붙여서 '하늘님'이라고 불렀고 한 글맞춤법 18항에 따라 '하느님'이 되었다.

■ 타 종교에 없는 '대세 제도'

특별히 가톨릭교회에는 타 종교에 없는 대세 제도가 있어 모든 사람의 구원을 바라시는 하느님의 뜻에 따라 교회는 위급한 경우에 사제가 아닌 천주교 신자 누구라도 세례성사를 베풀 수 있게 허용하고 있다. 대세란 세례성사를 대신한다는 뜻이 아니라, 간략한 세례식이란 뜻이다.

대세를 받을 수 있는 조건은 첫째, 죽을 위험에 처해 있는 사람이어야 한다.

둘째, 건강이 회복되면 정상적인 교리 교육을 받겠다는 약속이 있어야 한다. 천주교의 4가지 기본 교리는 다음과 같다.

- 천주존재(天主存在)

- 삼위일체(三位一體)

- 강생구속(降生救贖)

- 상선벌악(賞善罰惡)

셋째, 그리스도께 귀의하여 미신을 끊어 버린다는 진지한 표시가 있어야 한다.

넷째, 그리스도 신자의 윤리에 위배되는 상태에 있지 않아야 한다.

■ 가톨릭의 7 성사

가톨릭교회에는 7 성사가 있는데 이는 '세례성사, 성체성사, 신품성사, 고해성사, 견진성사, 종부성사, 혼인성사'이다.

이 중 '고해성사' 제도는 세례 이후 범한 죄를 용서하는 성사로 회계의 성사, 참회의 성사, 화해의 성사, 용서의 성사, 고백의 성사라고도 불린다. 죄를 사하는 권한을 예수로부터 사도들, 그리고 그 후계자인 주교들과 협력자인 사제들에게 이어져 내려오고 있다.

고해성사의 근본 요소는 참회자의 행위로서 성찰, 통회, 정개(다시는 그러한 잘못을 저지르지 않고 올바른 삶을 살겠다고 결심하는 것), 고백 그리고 보속이다. 다른 하나는 교회의 중개를 통한 하느님의 행위이다.

즉, 교회는 주교나 신부를 통하여 예수 그리스도의 이름으로 죄를 용서해 준다. 모든 가톨릭 신자는 성탄과 부활에는 고해성사를 받고 영성체를 하여야 하는 고해성사, 성체성사의 의무를 갖는다.

■ 성체성사

가톨릭교회에는 타 종교에 없는 7 성사 중 하나인 '성체성사'가 있는 것이 특징적이다.

"그리스도교 생활 전체의 원천이며 정점"(교회 헌장 11항)으로 '미사' 혹은 '성찬례'라고도 한다.

성찬례의 가장 중요한 순간에 빵이 축성되어 예수의 거룩한 몸인 성체(聖體)가 되고, 포도주가 축성되어 거룩한 피, 즉 성혈(聖血)로 변하기 때문에 미사를 성체성사(聖體聖事)라고 하는 것이다.

예수의 거룩한 몸인 성체(聖體)

세례를 받은 천주교 신자는 미사 전례 시 성체를 모시는 '영성체 예식'을 행한다. 예식에서 '사제'는 성체를 나누어 주며 "그리스도의 몸"이라고 말하고 신자들은 "아멘"이라고 응답하고 성체를 모신다.

■ 성호경과 INRI

가톨릭교회에서 성호란 십자성호(十字聖號)의 준말이며, 성호경이란 십자(十字)를 그으며 성부 성자 성령(천주 성삼위)을 부르는 기도이다. 이로써 교회가 전례를 거행할 때나, 신자들이 기도할 때, 언제 어디서나 천주교의 모든 기도와 일의 전후에 바친다.

'INRI'는 십자가에 매달려 승천하신 예수 십자가상 머리 위에 쓰인 글이다. '아이-엔-아르-아이'라고 읽는데, 빌라도의 명령에 따라 그리스도의 십자가 머리 위에 새긴 칭호의 머리 글자를 따서 만든 두문자어(頭文字語)이다.

전체 구절을 요한 19, 19의 라틴어 성서에 나오는 Iesus Nazarenus Rex Iudaeorum(유다인왕, 나자렛예수)이다. 13세기 이후 서방 예술에서 자주 나타나는 이 약어는 십자고상을 가리킨다(가톨릭 교리 Catholic doctrines).

프로테스탄트(Protestants, 개신교)의 역사와 실체

종교개혁은 '프로테스탄트', 즉 가톨릭의 교리에 항거하는 종교집단을 낳았다.

1517년 10월 31일 독일의 로마 가톨릭 신부였던 마르틴루터(1483~1546)가 '95개조 명제' 벽보를 독일 비텐베르크 캐슬교회에 붙여 놓음으로써 종교개혁이 시작되었다.

루터는 교황의 권위를 부정하고 오직 성경만이 교회의 권위를 가질 수 있다고 주장했다. 교회가 개인과 하느님 사이의 중간 조정자 역할을 할 수 있다는 것이 루터의 주장이었다.

1521년 레오 10세는 루터의 주장을 받아들이지 않고 그를 파문시켜, 마침내 '프로테스탄트'가 생겨났다.

루터교(Lutheranism), 칼뱅교(Calvinism), 성공회(Anglicanism), 장로교(Presbyterianism), 감리교(Methodism), 침례교(Baptism), 예수재림교(Adventist), 몰몬교(Mormon), 퀘이커교(Quaker), 유니타리안교(Unitarian) 등 수많은 프로테스탄트가 우후죽순으로 탄생하였고, 앞으로도 또 다른 형태의 프

로테스탄트가 생겨날 수도 있다.

그리스도교(Christianity)는 가톨릭(Cathilic), 정교회(Orthodoxy), 프로테스탄트(Protestants)로 그 실체가 분리되어 있다. 가톨릭도 그리스도교이고, 정교회도 그리스도교이고, 프로테스탄트도 그리스도교라 할 수 있는 것으로 3 종파를 아우르는 경우에만 그리스도교라는 용어를 사용하는 것이 옳다.
이런 의미에서 그리스도교는 전체론적(holistic)이다. 타 종교와의 관계를 설명할 경우의 그리스도교는 전체론적인 시각에서 보아야 한다.[4]

신앙을 갖는 것은 축복이다.
이상 천주교와 개신교를 설명하였으며, 신앙을 갖는 것은 본인의 판단과 결정에 따른 것으로 천주교와 개신교에 대하여 개략적인 설명을 한 것이다.

---

4   위의 책, 161~163쪽.

불교(Buddhism)의
전통과 특징

불교는 지난 2,500여 년간 그리스도교, 유대교, 이슬람교와는 달리 신의 존재나 절대자의 섭리에 의존하지 않으면서도 불교를 믿는 사람들에게 삶의 의미, 즐거움, 위안을 제공해 왔다.

불교의 전통은 철저히 인간의 주체성 확립, 우주의 삼라만상이 서로 융합 작용하는 밀접한 관계를 주장해 왔다. 따라서 불교는 시대와 지역을 초월한 인본주의 가치와 자유와 평등, 자비와 평화를 보편적 가치로 주장하는 종교라 할 수 있다.

특히 불교는 아시아 문명 형성에 큰 기여를 해 왔다. 전 세계 86여 개국에 퍼져 있는 불교 신자 수는 약 3억 5천만 명쯤이고 그중 대다수가 아시아에 있다.

'불교'는 말 그대로 '부처의 가르침'이다. '부처'란 '깨달아 환히 알아 터득한 사람'을 말한다. '부처'란 '깨달음을 얻은 자'를 뜻하는 산스크리트어인 'Buddha'를 소리 나는 대로 한자로 옮겨 적은 것이 불타(佛陀)이고 여기에 '님' 자를 붙여 '불타님'

또는 '부처님'이라고 칭한다. 한국에서 불교를 말할 때는 대승 불교를 의미한다.[5]

한국 조계종 총무원장을 지낸 설정 큰스님은 다음과 같이 말씀하였다.

"사람은 누구나 평화와 행복과 진리를 추구하는 존재다. 그것을 이루기 위해서는 부처님의 진실한 가르침을 믿고 우리 자신의 무한한 불성(佛性)을 개발하기 위하여 신심(信心)과 원력(願力)을 가지고 지속적인 노력으로 열어 가는 데 있다."

■ 불교에서의 108번뇌

불가(佛家)에서 말하는 '108번뇌'라는 숫자는 안이비설신의(眼耳鼻舌身義)라는 육근(六根)과 색성향미촉법(色聲香味觸法)의 육경(六境, 또는 12처(處)), 좋음 · 나쁨 · 평등이라는 호악평등(好惡平等) 그리고 과거 · 현재 · 미래에 끊임없이 작용하여 생긴 것을 말한다.

즉, 육근에 육경을 더하면 12, 호 · 악 · 평등 3을 곱하면 36, 여기에 과거 · 현재, 미래의 삼생(三生)인 3을 곱하면 108이 된다. 말하자면, 108번뇌는 우리가 살아 있는 한 끊임없이

---

5   위의 책, 211쪽.

작용한다는 뜻이다.

그러니 육근(六根)이라는 번뇌를 조종하는 내 마음을 잘 다스려야만 건강한 삶을 오래 유지할 수 있다.

- 우리 몸에 있는 육근(六根)

  - 안(眼): 예쁜 것만 보려는 눈

  - 이(耳): 자신에게 좋은 소리만 들으려는 귀

  - 비(鼻): 좋은 냄새만 맡으려는 코

  - 설(舌): 맛있는 것만 먹으려는 입

  - 신(身): 쾌감만 얻으려는 육신

  - 의(義): 명예와 권력에 집착하려는 생각

이 여섯을 다스리는 것이 마음인데, 이를 잘 다스려야만이 오래 살 수 있다. 하지만 이 여섯이 자꾸 번뇌를 일으켜 우리 몸을 빨리 망치게 한다.

도통한 고승이라면 "보시(布施), 지계(持戒), 인욕(忍辱), 정진(精進), 선정(禪定), 해탈(解脫)"의 6 바라밀을 통해 번뇌를 벗어나겠지만 우리 보통 사람은 어렵다.

불교와
그리스도교의 비교

불교는 자기 실천 신앙으로 어떤 절대자의 힘에 의하여 신앙을 달성하려는 것이 아니라, 자기 수양과 노력에 의하여 불타가 되는 것이다.

그리스도교에서는 인간은 인간의 문제를 스스로 해결할 수 없으므로 하느님을 의지하고 하느님의 뜻에 자신을 맡기는 것이다. 하느님은 창조주이고 인간은 피조물일 뿐이고 유한한 존재이고 무력한 존재로서 하느님께 자신을 전적으로 의존하는 것이다.

불교는 자기 자신의 끊임없는 수양과 수도를 통하여 깨침을 얻어 평화와 구원을 득하는 가르침이고, 그리스도교는 하느님께 의존하여 하느님을 통하여 평화와 구원을 얻는다.

불교의 목적은 해탈이다. 불교의 창시자는 설법을 통하여 윤회에서 탈출, 해탈하는 것을 원하였다. 두 번 다시 윤회하는 일이 없도록 하는 것이 불교의 이상이고, 윤회로부터의 탈출이 바로 해탈이다. 해탈은 윤회의 세계와 연결된 속박으로

부터 탈출하는 것을 뜻한다.

불교가 수행을 통하여 목적을 달성한다면, 그리스도교는 예수 믿음을 통해서 구원을 얻는 데 있다. 구원의 핵심은 죄의 용서함을 받는 데 있다. 그것은 예수 그리스도를 믿음으로써만 가능한 것이다.[6]

6　위의 책, 221쪽.

근심을
주님께 맡기라

인도 우화에 이런 이야기가 있다. 한 마리의 쥐가 살고 있었는데, 그 쥐는 고양이가 무서워 꼼짝도 할 수 없었다. 이에 신이 이 쥐를 불쌍히 여겨 고양이로 만들어 주었다. 그러자 이번에는 개가 무서워 살 수 없었다.

다시 신은 그 쥐를 호랑이로 변신시켜 주었다. 그러나 이제는 사냥꾼이 무서워 살 수 없었다. 신이 탄식하며 말했다.

"너는 다시 쥐가 되거라. 무엇으로 만들어도 쥐의 마음을 가지고 있으니 나도 어쩔 수 없다."

우리가 갖는 걱정과 근심은 소극적인 생각만을 불러일으켜 어떠한 상황 속에서도 우리를 꼼짝달싹할 수 없게 만들 뿐이다. 두려움이 우리 마음속에서 자라게 되면 우리는 삶에서 그 반대의 것을 기대하는 법을 배워야 한다.

용장(勇壯) 다윗도 사람이었다. 그에게도 두려움의 순간이 숱하게 찾아왔다. 시기심에 사로잡혀 자신의 목숨을 노리는 사울을 피해 다니면서 그는 허다하게 위기일발의 상황에 처하기도 했다. 그때마다 그는 주님께 의탁하여 극적으로 구원을 받았다. 마침내 그는 우리에게 권고한다.

"주님은 나의 빛, 나의 구원, 나 누구를 두려워하랴? 주님은 내 생명의 요새. 나 누구를 두려워하랴?"(시편 27, 1)

이는 경험자의 권고이다.[7]

인도 우화 속 한 마리의 쥐는 고양이가 무서웠다. 이에 신이 쥐를 고양이로 만들어 주었으나 이번에는 개가 무서워 살 수 없었다. 이에 신은 그 쥐를 호랑이로 변신시켜 주었으나 이제는 사냥꾼이 무서워 살 수 없다 한다.

이에 신이 탄식하며 "너는 다시 쥐가 되거라. 무엇으로 만들어도 쥐의 마음을 갖고 있으니 나도 어쩔 수 없다."고 말하며 신이 다시 쥐로 만들어 주었듯이, 세상에 천적은 있는 법.

우리 인간도 약육강식으로 연결된 쇠사슬 고리에서 벗어나려면 강해져야 한다.

7   차동엽 신부, 『무지개 원리』, 동이, 98쪽.

한국 천주교를 지키기 위해
순교한 성인들

한국의 천주교 103위 성인은 조선 후기 기해박해(己亥迫害, 1839), 병오박해(丙午迫害, 1846), 병인박해(丙寅迫害, 1866) 등 대대적인 천주교 탄압 때 순교한 성인 103위를 이른다.

103위 성인은 한국인 93명(신부 1명, 평신도 92명)과 함께 파리 외방전교회 소속 선교사 10명(주교 3명, 신부 7명)으로 이루어져 있다. 103위 성인에 포함된 한국인들의 신분과 직업은 매우 다양한데, 특히 유일한 성직자인 김대건 신부 외에 모두가 평신도라는 특징이 있다.

한국 천주교는 세계 천주교 역사에서 선교사 전도가 아닌 자생적으로 신앙공동체가 생긴 유일한 사례로, 1784년 청나라 북경에서 세례를 받고 돌아온 이승훈(1756~1801)이 정약전, 정약용 형제 등에게 세례를 주면서 처음으로 신앙공동체를 형성하였다.

그러나 신해박해(1791)를 시작으로 신유박해(1801), 기해박해(1839), 병오박해(1846), 병인박해(1866)까지 천주교에 대한 대대적인 탄압이 이뤄지면서 많은 천주교인들이 죽음을 맞았다. 다만 103위 성인에는 초기의 신해박해와 신유박해 순교자들은 증빙 자료가 거의 없어 제외된 바 있다.

그리고 1984년 5월 3일 교황 요한 바오로 2세가 한국교회 창립 200주년을 축하하고 한반도의 평화를 기원하기 위해 4박 5일 일정으로 방한했다.

서울 김포공항에 도착한 뒤 비행기 트랩 아래 엎드려 땅바닥에 입을 맞추며 '순교자의 땅'을 되뇌면서 많은 이들의 심금을 울린 바 있다. 한국을 방문한 교황 요한 바오로 2세(1920~2005)가 이들 103위에 대한 시성식(諡聖式)을 집전하였다.

한국 천주교는 현재 1984년 시성식과 2011년 시복식을 통해 103위 성인과 123위 복자(福者)[이 시성(諡聖)에 앞서서는 시복(諡福), 해당 지역에서 신앙의 영웅으로 공경할 만한 복자(福者)로 승인이 이루어져야 한다]를 보유하고 있다.

한국 천주교는 조선 후기 박해를 받으면서도 신앙을 증거하기 위해 목숨을 바쳐 순교한 유일한 성직자인 김대건 신부 외에 모두가 평신도이다.

한국인들이 신앙에 대한 믿음이 높은 것과 동시에 평신도들이 자생적으로 신앙공동체를 이룬 것도 세계적으로 자랑할 만하다. 이는 우리 민족이 천주교를 이 땅에 정착시킬 수 있었던 원동력이었다.

또한 종교박해로 목숨을 바친 성인, 복자 및 순교자들은 그리스도인 중에서 천주교인들이 신앙에 대한 확고한 믿음을 보여 주는 유일한 신앙의 빛을 발하며 감동을 준다. 이는 자기 목숨을 바치면서까지 신앙을 증거하는 아주 좋은 종교의 표본이라 볼 수 있다.

1984년 5월, 교황 '요한 바오로 2세' 방한 시 여의도에 모인 100만 인파들

"인생에서 원하는 것을 얻기 위한 첫 번째 단계는
내가 무엇을 원하는지 결정하는 것이다."

벤 스타인

Part 8

✳

당당한
노년 생활을 위하여

알아 두면 좋은
주요 모임 명품 건배사

껄 껄 껄
좀 더 사랑할걸 좀 더 즐길걸 좀 더 베풀걸

마 당 발
마주 앉은 당신과 나의 발전을 위하여

고 감 사
고생하셨습니다 감사합니다 사랑합니다

도 미 끌
도와주고 밀어주고 끌어 주자

빠 삐 따
빠지지 말고 삐지지 말고 따지지 말자

사 이 다

사랑합니다 이 생명 다하도록

오 뚜 기

오래도록 뚜껑이 열리지 않도록 기억에 남는 우리가 되자

가감승제(加減乘除)

사랑은 더하고, 미움은 빼고, 기쁨은 곱하고, 슬픔은 나누고

불광불급(不狂不及)

미치지 않으면 미치지 못한다

적선여경(積善餘慶)

선을 쌓는 집안에 경사가 있다

싱글벙글

골프는 싱글 얼굴은 벙글 인생은 싱글벙글 쇼

쾌 쾌 쾌

유쾌 상쾌 통쾌

통 통 통
운수대통 만사형통 의사소통

해 당 화
해가 갈수록 당당하고 화려하게 살자

남존여비
남자의 존재는 여자에게 비용을 대 주기 위해서다

소녀시대
소중한 여러분들 시방 잔들을 대 보자

여필종부
여자는 필히 종부세를 내는 남자를 만나야 한다

원더걸스
원하는 만큼 더도 말고 덜도 말고 걸맞게 스스로 마시자

일십백천만
하루 한 번 이상 좋은 일 하고, 열 번 이상 웃고,
백 자 이상 쓰고, 천 자 이상 읽고, 만 보 이상 걷자

스페로 스페라(라틴어)
숨 쉬는 한, 희망은 있다

하쿠나 마타타(아프리카 스와힐리어)
걱정 마 잘될 거야

코이노니아(**Koinonia**, 그리스어)
 가진 것을 서로에게 아낌없이 나눠 주며 죽을 때까지 함께
하는 관계

세상 좋은 것에는
유효 기간이 있다

미국인들은 돈을 벌면 요트를 하나 장만하는 꿈을 갖고 있어 주변 의사들이 요트를 소유한 것을 많이 볼 수 있다. 미국인들에게 일생 두 번의 기쁜 날이 있으며, 그 하나는 요트 사던 날 그리고 또 하나는 그 요트를 파는 날이라는 말이 있다.

인간은 아무리 좋은 것이 있어도 곧 면역이 되어 조금만 지나면 더 이상 좋은 줄을 모르게 만들어져 있다고 한다.

천국이 먼 곳에 있는 것이 아니라, 내 마음속에 있다.

마음속에 지옥이 자리하면 아무리 좋은 것이 눈앞에 펼쳐져도 지옥으로 보이는 것이 인간이다.

감사에는 메아리 효과가 있다. 감사하면 감사한 대로 이루어진다고 한다.

욕심부리지 않고 현실과 타협하며 만족하는 삶을 살아가는 것은 어른으로 존경받고 대우받는 삶을 사는 지름길이 아닌가 생각해 본다. (공감하는 좋은 글 중에서)

겉을 보고
사람을 판단하지 말라

억만장자 그리스의 선박왕 '오나시스'는 무대에서 노래를 잘 부르는 '마리아 칼라스'와 살면 얼마나 행복할까 하는 생각에 '칼라스'와 결혼했다.

그러나 8년이 되기 전에 주부로서 너무 모자라고 권태가 나서 이혼하고 '재클린 케네디'와 다시 결혼했다. 케네디의 아내였던 '재클린'과 살면 행복할 줄 알았는데 그게 아니었다.

재클린과 결혼한 지 일주일도 안 되어 오나시스는 "내가 실수를 했다."며 고민하기 시작한다. 급기야는 "파혼할 길이 없을까?" 하고 친구들에게 조언을 구하기에 이른다.

그러나 재클린이 엄청난 위자료를 요구하니 이혼도 못 한다. 재클린이 한 달에 20억 원 이상 되는 돈을 펑펑 쓰니 오나시스는 화가 나서 혈압이 오를 지경이다.

그의 아들마저 비행기 사고로 죽는다. 그 충격으로 그도 얼마 못 살고 죽고 말았다. 결국 끝까지 이혼에 합의하지 않던 재클린은 오나시스의 엄청난 유산을 거의 차지할 수 있었다.

"나는 인생을 헛살았다. 하느님께서 주신 축복을 쓰레기로 던지고 간다."며 오나시스는 가슴을 치고 후회하다 죽었다.

천사처럼 노래를 잘 부르는 '칼라스'와 살아도 최고의 여자 '재클린'과 살아도 후회뿐이다. 그들은 사회적인 명성은 높았을지 몰라도 우리는 오나시스의 체험을 반면교사로 삼을 필요가 있다.

세계적인 미녀 '양귀비'나 '클레오파트라'와 살면 과연 행복할까?

아름다운 외모와 사회적인 명성도 좋지만, 가정에서 살림 잘하고 따뜻하게 가족 돌볼 줄 아는 알뜰한 주부가 최고다.

상대의 겉모습에 정신을 팔지 말자. 그리고 남기고 가는 재산의 70%는 남이 가져가니 살아 있을 때 자신을 위해 쓰기 바란다. (공감하는 좋은 글 중에서)

삶의 완성을 위한 유언장 작성
및 사전연명 의료의향서

■ 유언장 작성

자필로 쓴다. 그래야 법적 효력을 갖는다. 도장을 반드시 찍거나, 엄지 지문을 찍어도 좋다. 작성 내용은 다음과 같다.

① 장례법

즉, 매장이나 화장 또는 수목장 중 어느 것을 원하는지 밝힌다. 어디에 묻히면 좋겠다는 것을 밝혀 둔다. 이것은 자식들 사이에 생길 수 있는 갈등을 미연에 방지할 수 있다.

② 남은 재산과 분배

자신의 재산을 정확하게 알린다. 여기에는 집이나 부동산, 저축이나 주식 같은 금융정보 등이 포함된다. 이것들을 명확하게 밝히고 이것을 어떻게 분배할 것인지를 밝혀야 한다. 배우자와 자식들 사이에 어떻게 골고루 분배할지 밝혀야 한다. 법적으로 유산은 배우자가 반, 그리고 그 나머지는 자식들이 균분하게 돼 있는데 유언장을 쓸 때에는 그런 것에 상관할 필요가 없다.

금융정보 가운데 가장 흔한 것은 은행 통장이며, 자신의 돈이 어떤 은행에 어떻게 저축돼 있는지를 밝혀야 한다. 이때 중요한 것은 은행의 비밀번호를 밝혀 놓는 것이다. 이 번호가 없으면 자식들이 돈을 찾는 데 큰 어려움을 겪을 수 있기 때문이다.

또 주식이나 펀드 등 다양한 금융상품을 갖고 있으면 그것도 밝힌다. 그 외에도 여권이나 주민등록증, 운전면허증 등과 같은 자신 관련주요 서류들도 그 소재지를 밝혀 주면 좋다.

③ 자식들에게 남기고 싶은 말

생전에는 아무리 부모 자식 사이라도 면전에서 할 수 없는 말들이 있다. 그런 말을 적어 준다면 자식들은 부모님의 가르침을 평생 가슴에 담고 살아갈 수 있을 것이다.

④ 사전연명 의료의향서

마지막으로 중요한 것은 사전연명 의료의향서다. 이 문서는 특별한 경우를 대비해 쓰는 문서로 자신이 의식불명 상태가 됐을 때 받고 싶거나 거부하고 싶은 치료에 대해 밝히는 것이다.

■ 사전연명 의료의향서 등록

이 서류는 매우 중요하다. 무의미하게 생명 연장하는 것을 막을 수 있기 때문이다. 사전연명 의료의향서에는 대체로 심폐소생술, 인공호흡, 인공투석, 인공 영양공급, 진통제 사용 등의 실시 여부에 대해 답하는 것으로 돼 있다.

독자들에게는 이 가운데 심폐소생술이 다소 생소할 수 있을 것이다. 이것은 강한 충격을 주어 멈춘 심장을 다시 뛰게 하는 것으로, 그 부작용이 만만찮다. 따라서 이것은 당연히 거부하고 그 외에 인공호흡이나 투석 등도 다 거부하면 된다.

단, 진통제 사용에만 동의하면 된다. 우리가 임종이 가까이 오면 몸이 노쇠하고 병이 깊어 몸이 아주 아프기 쉽다. 이때 이 통증을 견디기 위해서는 다량의 진통제가 반드시 필요하다. 이 진통제를 맞아야 존엄하게 생을 마감할 수 있기 때문이다.

혹자는 중독되면 어떻게 하느냐고 하는데 이제 삶이 몇 개월 안 남았는데 중독이 무슨 문제겠는가? 이렇게 의향서까지 쓰고 나면 우리의 임종 준비는 거의 끝난 셈이다.[1]

사전연명 의료의향서 등록을 해 기록을 남기는 것이 좋으

1 　최준식, 이화여대 교수.

며, 등록은 각 지역 국민건강보험공단 접수 창구로 본인이 가면 쉽게 그 자리에서 접수 처리된다.

여기에 추가해 필자는 지갑에 두 가지 메모를 가지고 다닌다.

첫째, 외국에서 여행하다 죽더라도 자필 영어 '화장승락서'를 휴대하고 다니면 어느 나라에서도 화장하여 유골로 만들어 주고, 항공회사에서 저렴한 가격으로 고국으로 운송해 주어 여행지에서 죽더라도 별문제가 없다.

둘째, '소생시키지 말 것(DNR: Do not Resuscitate!)'이라 쓴 글을 지갑에 넣고 다니면, 유사시 심폐소생술로 소생하여 힘든 삶을 살지 않을 수 있다.

나이 들면서 필요한
7 up

1. Show up
모임에 얼굴을 보이고 적극적으로 참여하라.

2. Clean up
나이 들어 꾀죄죄한 모습은 보기에 좋지 않다.
샤워도 자주 하고, 속옷도 자주 갈아입고,
얼굴도 가꾸어 찌든 사람 냄새가 아닌
향기가 나도록 관리하라.

3. Dress up
언제나 몸치장을 단정히 하라.
본인을 연출할 수 있는 개성 있는 옷을
때와 장소에 맞게 입도록 하라.

4. Pay up
친구들과의 만남 또는 모임에서 지갑을 자주 열어라,

5. Zip up

아는 것도 모르는 척,

가능한 입은 다물고 상대의 얘기를 많이 들어라.

6. Give up

사소한 것에 목숨 걸지 말고,

내가 바꿀 수 있는 것은 바꾸되,

내 힘으로 못 바꾸는 것은 포기하고 받아들이도록 하라.

7. Cheer up

성공한 사람들은 어떤 일이든 열정적이다.

흥(열정)이 없는 삶은 앙꼬 없는 찐빵 같은

재미없고 불행한 삶이다.

새로운 도전정신으로 '7 up'을 실천하여,

후반부 인생을 멋지고 의미 있고 보람차게 살아갑시다.

우리 함께 파이팅!

하버드 대학의
놀라운 연구 결과

하버드 대학에는 목표, 곧 꿈이 사람의 인생에 끼치는 영향에 대해 조사한 유명한 자료가 있다. 아이큐(IQ)와 학력, 자라 온 환경 등이 서로 비슷한 사람들을 대상으로 실험을 한 결과 놀라운 사실을 발견할 수 있었다.

27%의 사람은 목표가 없고, 60%는 목표가 희미하며, 10%는 목표가 있지만 단기적이라고 응답하였다. 단지 3%의 사람만이 명확하면서도 장기적인 목표를 갖고 있었다. 그리고 이들을 25년 동안 끈질기게 연구한 결과 재미있는 사실이 발견되었다.

명확하고 장기적인 목표가 있던 3%의 사람은 25년 후에 사회 각계의 최고 인사가 되었다. 그들 중에는 자수성가한 사람도 있으며, 대부분 사회의 주도적인 위치에서 영향력을 행사하고 있었다.

10%의 단기적인 목표를 지녔던 사람들은 대부분 사회의 중상위층에 머물러 있었다. 그들은 단기적인 목표를 여러 번에

나누어 달성함으로써 안정된 생활의 기반을 구축하였으며, 사회 전반에 없어서는 안 될 전문가로 활동하고 있었다. 예를 들어 의사, 변호사, 건축가, 기업가 등이다.

그중 목표가 희미했던 60% 대부분 사회의 중하위층에 머물러 있었다. 그들은 모두 안정된 생활환경에서 일하고는 있지만, 10%의 사람들에 비해 뚜렷한 성과는 없었다.

우리가 주목해야 할 것은 바로 27%의 목표가 없던 사람들이다. 그들은 모두 최하위 수준의 생활을 하고 있었고, 취업과 실직을 반복하며 사회가 나서서 구제해 주기만을 기다렸다. 때로는 남을 원망하고, 사회를 원망하면서 살았다.

나는 어디에 속한 사람인가? 3%, 10%, 아니면 60%? 자신이 내리는 답에 자신의 미래가 달려 있다.

이 법칙은 냉엄하다. 적어도 10%, 할 수 있다면 3%의 범주에 속하려는 결단을 내려야 할 것이다.

3%의 정확한 목표를 갖고 청소년기부터 자기 자신을 관리한 사람들은 성장하여 성인이 되었을 때 대부분 사회의 주도적인 위치에서 영향력을 행사하며 세상을 살고 있으며, 인생의 목표가 있고 없음은 성인이 되었을 때 비교할 수 없는 큰 차이를 만든다는 것을 기억하자.

젊은이들이 장래에 어떤 사람이 될지에 대해 구체적인 목표를 갖고 열심히 살 수 있도록 인도해 주어야 할 것이다.

인생 후반부를 사는 우리도 예외가 아니며, 이제부터라도 늦지 않았으니 원하는 삶을 찾아 살아갈 수 있기를 기원한다.[2]

우리 젊은이들이 장래에 어떤 사람이 될지에 대해, 3%에 해당되는 사람이 될 수 있도록 구체적인 목표를 갖고 열심히 살게 인도해 주어야 할 것이다.

인생 후반부를 사는 우리도 예외가 아니다. 이제부터라도 늦지 않았으니 3%를 기억하되 이제부터의 목표를 정하고 각자 원하는 삶을 찾아 살아갈 수 있기 바란다.

2 차동엽 신부, 『무지개 원리』, 동이, 136~137쪽.

준비하고 살아가라.

준비가 안 되면

돌아온 떡도 못 먹는다.

Part 9

✳

노년을
행복하게 사는 지혜

경조 단자 및
봉투 쓰기

우리가 일상생활을 하면서 애경사, 승진 등 예를 갖춰야 할 경우 경조 단자(내지) 및 호칭, 봉투 쓰기 등을 할 때 일정 서식이 없어 난감할 때가 있다. 알아 두면 도움이 될 것 같아 필자가 2009년 1월 예절지도사 1급 교육[㈜한국전례원]을 수강하며 정리한 자료로서, 어른이라면 알아야 할 기본적인 경조사에 필요한 내용을 정리해 올린다.

■ 단자(單子) 내지

혼인(婚姻) 잔치에 갈 때는 축의금을 가지고 가는 것이 일반적이다. 이때 봉투에 돈만 넣고 단자를 쓰지 않는 예가 많다. 그러나 단자에 축하의 말과 물목(物目)이나 금액·날짜·이름을 정성스럽게 쓰고 축의금을 싸서 넣는 것이 예의이다.

이렇게 하는 것이 축의금을 받는 쪽에서 누가 얼마를 보낸 것인지를 확인하는 데도 도움이 된다. 축의금 외 부조를 표기할 때에 물품이면 물품명을 쓰고, 수량과 관계되는 물품이면 수량도 쓴다.

돈으로 부조할 경우는 '일금 삼만원 정(一金 五萬원 整)'이라고 쓰면 안 된다. 이것은 영수증 등에서 쓰는 문자이고 부조나 축의금에서는 '일금' 대신 '금' 또는 '돈'이라 쓰고 금액 뒤에 '정'하는 말은 쓰지 않고 '금 오만원', '文 오만원' 등으로 쓴다.

(혼인예식 부조 서식)

봉투 앞면

○○○ 군(양)의
혼인을 진심으로 경하하며
작은 정성으로
거울 한 개를 드립니다.
○○년 ○월 ○○일
성명 드림

혼인을 축하합니다.
축의금: 이만원
〈물건일 경우, '청주 한 말', '떡 한 시루'처럼 물목(物目)을 쓴다.〉
○○년 ○월 ○○일
○○○ 드림
○○○귀하

■ 수례(修禮) 서식

'결혼(結婚)'은 일본 용어이고, 우리의 법률용어는 '혼인(婚姻)'이므로 '혼인(婚姻)'이라고 쓰는 것이 좋다. '혼(婚)'은 '장가들다', '인(姻)'은 '시집간다'는 뜻이므로 '혼인(婚姻)'이라고 써야 '장가들고 시집간다'는 뜻이 된다.

특히 시집가는 여자 측에 주는 부조 봉투에 '화혼(華婚)'이나

'결혼(結婚)'이라고 쓰면 시집가는 사람에게 '장가드는 것'을 축하하는 것이 되어 망발이다.

그리고 '축(祝)'은 빈다는 뜻이므로 '경축(慶祝)'이나 '경하(慶賀)'로 쓰면 '경하하고 빈다'는 뜻이라 좋지만 그냥 '축혼인(祝婚姻)'이라 쓰면 '혼인을 빈다'는 뜻이 되니, 이보다는 '혼인을 경하한다'는 뜻인 '경하혼인(慶賀婚姻)'이 신랑·신부 모두에게 더욱 좋은 표현이다.

신랑 쪽 부조나 신부쪽 부조를 가리지 말고 공통으로 쓸 수 있는 혼례의 수례 용어는 다음과 같다.

- 경하혼인(慶賀婚姻)

- 축혼인(祝婚姻)

- 축의(祝儀)

- 하의(賀儀)

- 축성전(祝盛典)

- 축화촉지전(祝華燭之典)

그러나 부조하는 대다수가 신랑 측에 내는 부조 봉투는 축결혼(祝結婚)이라 쓰고, 신부 측에 내는 부조는 축화혼(祝華婚)이라 써야 한다고 잘못 알고 쓰는 경우가 많으나 이는 잘못된 일이니 신랑·신부 측을 가리지 않고 공통으로 쓸 수 있는 수례 용어를 써야 한다.

학회 연구실에 문의해 오는 내용 가운데 상당수가 부조금 봉투 적기에 관련된 것들이다. 여러 분야의 생활 방식이 서양화됨에 따라 우리의 전통적인 인사말들이 점차 사라져 가고 있음에도, 이 부조금 봉투 적기만은 아직까지 꼭 지켜야 하는 것으로 들 인식하고 있다. 적은 액수의 돈일지언정 부조를 하는 이의 정성을 상대방에게 간곡하게 전하려는 의식이 작용하기 때문일 것이다.

이에 따라 부조금 봉투에 적는 인사말 하나에도 대단히 조심을 하게 되는데, 특히 팔순이나 구순을 축하하는 잔치 모임을 무엇이라고 불러야 할지 망설이는 이들이 많다. 여기에서는 이러한 문제들에 관하여 함께 생각해 보기로 하겠다.

손위 어른의 생일을 높여 부르는 말이 생신이다. 생신이 곧 '태어난 날'의 뜻이므로 '생신일'은 잘못된 말이다.

우리는 전통적으로 육순이 지난 뒤에는 특별히 의미 있는 때를 정하여 주변 사람들을 초청, 성대한 생신 잔치를 열어 왔다. 그 대표적인 것이 환갑(또는 회갑, 화갑) 잔치와 칠순 잔치다.

칠순을 달리 '고희(古稀)'라고 하는데, 이는 중국의 이름난 문장가였던 두보의 시 가운데 "인생칠십고래희(人生七十古來

稀)"라는 구절에서 따온 것이다.

한학이 융성했던 시기에 글줄이나 배운 이들이 칠순을 좀 더 문학적으로 표현하느라 지었을 것이다. 그러한 까닭에 많은 사람들은 팔순이나 구순 따위에도 이 같은 별칭이 있으리라 짐작된다.

그러나 옛날에는 팔구십 살까지 사는 일이 흔치 않았으므로 굳이 별칭까지 만들어 쓸 필요가 없었다. 있지도 않은 말을 막연히 있을 것이라고만 생각하고 있으니, 정작 우리말인 '팔순, 구순'은 한구석으로 밀려나고 있는 듯한 느낌이다.

80살은 그대로 팔순(八旬)이며 90살은 구순(九旬)이다. 일부에서는 팔순을 '산수(傘壽)', 구순을 '졸수(卒壽)'라고도 하는데, 앞에서 말한 것과 같이 억지로 별칭을 만들어 쓰려는 심리에서 나온 말이니 권장할 것은 못 된다(칠순이나 팔순, 구순 잔치는 모두 우리의 세는 나이로 각각 70, 80, 90살에 치른다).

또한, 66살을 '미수(美壽)', 77살을 '희수(喜壽)', 88살을 '미수(米壽)', 99살을 '백수(白壽)'라고 하여 성대한 생신 잔치를 치른다. 이들 말은 모두 일본말에서 들여온 것들이다.

우리에게는 본디 66살이나 77살, 88살 등을 기리는 전통이 없었다. 유별나게 장수에 관심이 많은 일본 사람들의 풍속을 우리가 배운 것이다. 그러니 그에 따른 용어도 일본말을 쓰지 않을 수 없게 된 것이다.

우리는 주로 환갑(회갑, 화갑)을 앞뒤로 하여 크게 생신 잔치를 치렀다. 환갑 잔치는 우리 나이(세는 나이)로 61살(만 나이로 60살)에 열었고, 60살에는 육순(六旬) 잔치를, 62살에는 진갑(進甲) 잔치를 열었다. 70살까지 사는 일이 그리 많지 않아서 71살만 되어도 '망팔(望八)'이라 하여 장수를 축하하는 큰 잔치를 열기도 하였다.

그러면, 이들 잔치에 참석하고자 할 때 마련하는 부조금 봉투에는 무엇이라고 써야 할까?

세는 나이	봉투에 적는 인사말
60살	축 육순연(祝六旬宴)
61살	축 수연(祝壽宴), 축 환갑(祝還甲), 축 회갑(祝回甲), 축 화갑(祝華甲)
62살	축 수연(祝壽宴), 축 진갑(祝進甲)
70살	축 수연(祝壽宴), 축 고희연(祝古稀宴), 축 희연(祝稀宴)
77살	축 수연(祝壽宴), 축 희수연(祝喜壽宴)
80살	축 수연(祝壽宴), 축 팔순연(祝八旬宴)

특별한 생일(나이)의 이름은 다음과 같이 정리할 수 있다.

- 60세: 육순(六旬)

- 61세: 환갑(還甲)·회갑(回甲)·화갑(華甲)

- 62세: 진갑(進甲)

- 70세: 칠순(七旬)·고희(古稀)

- 77세: 희수(喜壽)

- 80세: 팔순(八旬)

- 88세: 미수(米壽)

- 90세: 구순(九旬)

- 99세: 백수(白壽)

그 밖에 88살의 생신 잔치에는 '축 미수연(祝米壽宴)', 99살의 생신에는 '축 백수연(祝白壽宴)' 따위로 쓰는 것이 일반적인 관례이다.

한편, 환갑 이상의 생신 잔치에는 장수를 축하하는 뜻으로 보통 '축 수연(祝壽宴)'을 널리 쓴다.

그러나 이 '축(祝)'을 '축하'의 뜻으로 사용하는 것은 본디의 낱말이 가진 뜻과 어긋난다. '祝'은 '빌다'는 뜻의 동사로서, 예부터 제사를 지낼 때에나 써 오던 말이다.

'축문(祝文)'은 '제사 때 읽어 신명에게 고하는 글'이고, '축가(祝歌)' 역시 본디는 노래의 형식을 빌려 신에게 비는 제례의 하나였다. 그것이 오늘날 모두 제사와는 관계없이 '축하하다'는 의미로 바뀌었다.

그렇더라도 '祝'이라고만 할 때에는 '빌다'의 뜻이지 '축하'의 뜻은 가질 수 없다.

따라서 '축 환갑'이라고 하면 '환갑을 (맞이하기를) 빌다'는 뜻이 되니, 이미 환갑을 맞은 사람에게는 커다란 실언이다. 같은 경우로, '축 결혼'이라고 하면 '결혼을 (하기를) 빌다'는 뜻이 된다. 이는 당사자들에게 어처구니없는 실례가 아닐 수 없다.

또한 '축 ○○' 식의 말은 우리말 어법에도 벗어난다.

우리는 '○○를 축하하다'라고 말하지, '축하하다 ○○를'이라고 말하지 않는다. 이것은 영어나 중국어의 어법(말법)이다. '나는 학교에 간다.'를 영어권 나라에서는 'I(나는) go(간다) to school(학교에).'이라 하고, 중국에서는 '我(나는)去(간다)學校(학교에).'라고 한다.

아마 우리 한아비(선조)들이 오랫동안 한자로 글자 살이를 해 온 까닭에 많은 부분에 이러한 중국식 표현이 남아 있는 것 같다.

요즘 들어서 '차 한 잔을 마시며'를 '한 잔의 차를 마시며'로 표현하는 젊은이들이 늘어 가고 있는데, 이는 영어의 영향을 받은 미국말이다.

지난날에는 중국 문화를 신봉하여 우리 것이 많이 손상되었다면, 오늘날에는 미국 문화에 대한 동경으로 우리 고유의 문화를 잃어 가고 있는 느낌이다.

이러한 말투를 바로잡는 것은 곧 우리의 겨레 얼을 회복하는 길이기도 함을 잊지 말아야 하겠다.

생신 잔치에 내는 부조금 봉투 쓰기에 대하여, 글쓴이는 종래의 틀에 박힌 '축 ○○' 대신 새로운 방법을 제안한다.

돈의 많고 적음보다 정성의 깊이를 담아야 하는 부조금 봉투에는 꼭 제한된 글자 수를 고집할 필요가 없다. 또한 한글만 쓰기가 보편화된 요즘 같은 시대에 어려운 한자를 적으려고 애쓸 필요도 없다.

생신 잔치 자체를 축하하는 것보다는 장수를 빌어 드리는 뜻으로 "만수무강하소서"가 어떨까?

하얀 봉투에 큼직한 한글로 "만수무강하소서"라고 적어 전해 드린다면, 모든 허식을 떠나 마치 부모의 강녕을 비는 자식의 정성을 대한 듯 받는 이의 마음도 한결 따뜻해질 것이라 믿는다.

■ 편지는 형식을 잘 지켜야
편지 형식의 자그마한 잘못이 그 정감을 덜어 버릴 수도 있다.

예를 들어 편지를 시작하고 끝낼 때 'To 영이'니 'From 철수' 따위와 같이 쓴다면 편지글의 참맛이 나겠는가? '철수로부터' 와 같은 from의 번역 투 표현 역시 크게 다를 바 없을 것이다.

작은 것이지만 편지글은 그 형식을 제대로 지키는 것이 중요하다. 자칫 본래의 뜻과는 달리 상대방의 기분만 상하게 할 수도 있는 것이다.

편지를 시작할 때는 위에서처럼 영어식 표현을 삼가고 정중ㅇ하고 예의 바르게 써야 한다. 웃어른께는 '아버님 보시옵소서'라거나 '선생님께 올립니다'와 같이 쓰면 무난하다.

친한 친구나 사랑하는 자녀에게라면 좀 더 정겨운 표현을 동원할 수도 있을 것이다. 이를테면 '그리운 벗에게 보낸다'나 '사랑하는 딸에게' 등도 좋은 표현이라 할 만하다.

그런데 무엇보다도 사람들이 흔히 틀리는 것이 편지를 다쓴 다음 서명할 때이다.

일반적으로 '홍길동 씀'이나 '홍길동 드림'처럼 자신의 이름만 쓸 경우야 문제 될 것이 없다. 하지만 공적인 편지에서는 직함을 쓰는 일이 잦은데 이를 조심해서 써야 한다.

예를 들어 어떤 회사의 사장이라면 '홍길동 사장 올림'이라고 해야 하는지 '사장 홍길동 올림'이라고 해야 하는지 잘 모를 수 있다.

이름 뒤에 직함을 쓰는 것은 그 사람을 높이는 것이다. 그러니 자신의 이름 다음에 직함을 쓸 수는 없다. '사장 홍길동 올림'이라고 해야 예의 바르다.

방송이나 강연회 등에서 '홍길동 교수입니다'거나 '홍길동 의원입니다' 따위와 같이 자신을 소개하는 것도 듣는 사람에게 대단한 실례인 셈이다.

■ 'ㅇㅇㅇ 선생님 귀하'는 지나친 표현

대체로 편지 쓰기에서 저지르는 이러한 잘못은 무례해서가 아니라 그 형식을 제대로 모르는 데 기인한다.

형식에 맞추어 예의 바르게 쓰려는 것은 대다수 사람들의 공통된 생각일 것이다. 그런데 간혹 예의가 지나쳐서 저지르는 잘못도 있다. 편지 봉투를 쓸 때 받을 사람의 직함 뒤에 다시 '귀하(貴下)'나 '좌하(座下)' 등을 쓰는 경우이다.

예를 들어 '홍길동 선생님 귀하'나 '홍길동 사장님 좌하' 따위와 같은 예를 종종 볼 수 있다.

편지 봉투를 쓸 때는 '홍길동 선생님(께)'처럼 받을 사람의 이름과 직함을 쓰면 그것으로 충분히 높인 것이다. 직함이 없으면 '홍길동 귀하'와 같이 쓰면 된다.

'귀하'라는 말로써 상대방을 충분히 높였기 때문에 이름만 쓴다고 해서 예의에 벗어나는 것이 아니다. 즉, 직함이든 '귀하(좌하)'이든 어느 하나만 쓰는 것이 예의에 맞으며, 둘 다 쓰면 오히려 예의에 어긋나는 것이다. 그야말로 '과공(過恭)은

비례(非禮)'라는 말이 딱 들어맞는 경우이다.

■ 환갑 이상의 생일이면 '축 수연' 쓸 수 있어

문안 편지 못지않게 격식이 중요한 것이 축하나 위로할 자리에 부조를 할 경우이다.

이때 봉투에 인사말을 어떻게 써야 할지 몰라 곤혹스럽게 생각하는 이들이 적지 않다. 요즘에 아예 인사말이 인쇄된 봉투가 쓰이기도 하는데 아무래도 보내는 이의 정성이 느껴지지 않는다.

환갑 생일 축하 자리라면 보통 봉투 앞면에 '祝 壽宴'이라고 쓴다. '壽宴'은 '壽筵'이라고 써도 마찬가지이며 '축 수연'과 같이 한글로 써도 된다. 물론 '수연'이라는 말 대신 생일 이름을 넣어 '축 환갑(祝 還甲)', '축 회갑(祝 回甲)', '축 화갑(祝 華甲)'과 같이 써도 좋다. 보내는 이의 이름은 봉투 뒷면에 쓴다.

그리고 부조하는 물목(物目)을 적은 단자(單子)를 반드시 넣도록 해야 한다. 단자에는 '축 수연' 또는 '수연을 진심으로 축하합니다' 와 같이 인사말을 적고 '금 몇 원'과 같이 보내는 물목을 적는 것이 예의 바르다.

봉투나 단자는 흔히 세로로 쓰는 것이 보통이나 가로로 써도 무방하다. 그런데 사람들이 어려워하는 것은 환갑 이상의 잔치에는 봉투나 단자를 어떻게 쓰느냐 하는 것이다.

특별한 나이라면 따로 마련된 인사말이 있다.

- 70세: 축 고희연(祝 古稀宴), 축 희연(祝 稀宴)

- 77세: 축 희수연(祝 喜壽宴)

- 88세: 축 미수연(祝 米壽宴)

- 99세: 축 백수연(祝 白壽宴)

그러나 특별한 생일 명칭이 없는 나이가 더 많다. 이 경우에는 회갑연에 쓰는 인사말인 '수연'을 그대로 쓸 수 있다. '수연'은 환갑 이상의 생일 자리이면 어디서나 쓸 수 있는 말이다.

■ 편지는 보내는 이의 마음을 담아야

결혼식도 봉투나 단자를 쓰는 예절은 앞의 경우와 마찬가지이다. 일반적으로 '축 화혼(祝 華婚)', '축 결혼(祝 結婚)'이 많이 쓰이며 '축 혼인(祝 婚姻)', '축의(祝儀)', '하의(賀儀)', '경축(慶祝)'도 쓸 수 있다.

간혹 '婚'은 장가든다는 의미로서 '축 결혼'이니 '축 화혼' 등을 신랑 측에만 써야 한다는 주장도 있으나 크게 귀 기울일 만하지는 않다.

오랜 기간 열심히 일하고 정년 퇴임하는 분의 모습은 아름답다.

퇴임 자리에서는 '근축(謹祝)', '송공(頌功)'이 좋은 인사말이다. '송공'은 그동안의 공적을 기린다는 뜻이니 더 이상 적절한 말을 찾기 어렵다고 하겠다.

이 말에 익숙지 않으면 아예 '(그동안의) 공적을 기립니다'와 같이 문장 투로 봉투 인사말을 쓸 수도 있다.

문상의 경우 조위금 봉투와 단자에 가장 많이 쓰이는 것은 '부의(賻儀)'이며 '근조(謹弔)'라고 써도 좋다.

봉투 뒷면에는 부조하는 사람의 이름을 쓴다. 역시 '삼가 조의를 표합니다'와 같은 인사말과 함께 물목을 적은 단자를 넣는 것이 격식에 맞다.

그런데 불가피한 사정으로 문상을 갈 수 없을 때가 있다. 이때는 다른 이를 통해 부조만 할 것이 아니라 조장(弔狀)을 보내는 것이 좋다.

조장을 보낸다면 '부친께서 별세하셨다니 얼마나 슬프십니까? 부득이한 사정으로 곧 가서 조문치 못하고 서면으로 삼가 조의를 표합니다.'와 같이 쓰고 날짜와 '홍길동 재배(再拜)'와 같이 보내는 이의 이름을 쓴다.

이러한 정성 어린 편지글은 받는 이의 슬픔을 한결 덜어 줄 수 있을 것이다.

전자우편이 발달한 시대라서 편지 쓰는 일이 더 잦아졌는지 모른다. 단지 정보만 주고받는 편지가 아니라 보내는 사람의 마음이 전달되는 편지가 좋다. 그리고 형식을 잘 알고 따르는 것은 그 편지에 담긴 마음을 한결 아름답게 만들지 않을까.

■ 경조사 봉투 쓰는 법

결혼 축의금 봉투를 쓰는 일반적인 예는 다음과 같다.

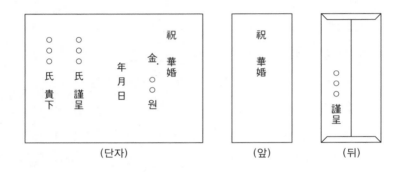

(단자)　　　　(앞)　　　　(뒤)

아래와 같이 적을 것을 권장한다.

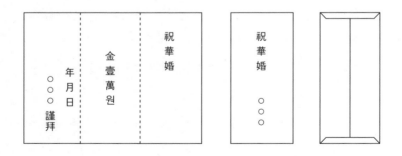

점선은 접히는 선을 나타낸다. 금액 숫자의 한자 표기는 다음을 참고하기 바란다. 일(壹), 이(貳), 삼(參), 사(捨), 오(五), 육(六), 칠(七), 팔(八), 구(九), 십(什), 천(千), 만(萬), 억(億).

다음과 같이 한글로 표기하는 것도 아름답다.

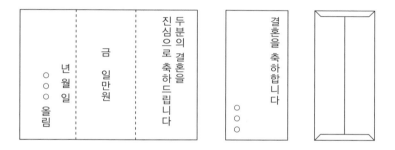

이때, 문안은 본인의 성심을 담아 얼마든지 바꿔 쓸 수 있다. 봉투만을 사용하고, 단자를 사용하지 않아도 무방하다.

■ 단자(單子)

단자는 봉투 속에 넣는 내지(內紙)를 말한다.

과거에는 화폐경제가 발달하지 않았으므로 결혼 축의를 대개 물건으로 대신했고, 이러한 물건의 내역을 적은 물목 단자의 전통이 지금까지 이어지고 있는 것이다.

내지는 별도로 넣지 않고 지폐를 감싼 후 함께 봉투에 넣는

다. 근래에는 내지를 쓰지 않는 경우가 대부분이지만, 격식을 차려야 할 경우에는 반드시 넣는 것이 좋다.

■ 봉투

봉투는 원래 한지로 만든 봉투를 쓰게 됩니다만, 근래에는 대체적으로 일반적인 편지봉투를 사용하게 된다.

다만, 편지 봉투는 우편번호 쓰는 란이나, 회사의 명칭이 찍혀 있는 봉투를 사용하는 것은 결례다. 아무런 인쇄도 되어 있지 않은 깨끗한 순백색 봉투를 사용해야 한다.

문안은 붓이나 붓펜으로 쓰는 것이 좋지만, 사인펜으로 써도 결례가 되지 않는다. 그러나 볼펜 등으로 쓰는 것은 과히 보기가 좋지 않다. 또한 격식이 필요하다면 반드시 붓이나 붓펜을 사용하실 것을 권장드린다.

근래에는 문구점에서 상업용으로 인쇄된 경조금 봉투를 사서 쓰는 경우가 많다. 정성을 발견하기는 어렵지만 간편하고 실용적인 방법이기도 하다.

- 경조사에 쓰는 글

출산(出産) · 순산(順産) · 탄생(誕生) · 탄신(誕辰)

- 축 순산(祝 順産)   - 축 왕자탄생(祝 王子誕生)

- 축 탄생(祝 誕生)   - 축 탄신(祝誕辰)

- 축 공주탄생(祝 公主誕生)

약혼, 결혼 축하

- 축 약혼(祝 約婚)   - 축 화혼(祝 華婚)

- 축 혼인(祝 婚姻)

혼인기념일(婚姻記念日)

- 1주년: 지혼식(祗婚式)

- 2주년: 고혼식(藁婚式)

- 3주년: 과혼식(菓婚式)

- 4주년: 혁혼식(革婚式)

- 5주년: 목혼식(木婚式)

- 7주년: 화혼식(花婚式)

- 10주년: 석혼식(錫婚式)

- 12주년: 마혼식(麻婚式)

- 15주년: 동혼식(銅婚式, 또는 水晶婚式)

- 20주년: 도혼식(陶婚式, 陶磁器婚式)

- 25주년: 은혼식(銀婚式)

- 30주년: 진주혼식(眞珠婚式)

- 35주년: 산호혼식(珊瑚婚式)

- 40주년: 녹옥혼식(綠玉婚式, 에머랄드혼식)

- 45주년: 홍온혼식(紅玉婚式, 루비혼식)

- 50주년: 금혼식(金婚式)

- 55주년: 금강석혼식(金剛石婚式, 다이아몬드혼식)

- 60주년: 회혼식(回婚式)

- 75주년: 금강혼식(金剛婚式)

참고로, 회혼례(祝回婚禮)는 결혼 60주기를 맞은 부부가 자손들 앞에서 혼례복을 입고 60년 전과 같은 혼례식을 올리는 해로 60년을 기념한다.

■ 경조문 수례 서식

혼인

- 혼인(婚姻)
- 하하의(賀賀儀)
- 축성혼(祝聖婚)
- 축화혼(祝華婚)

- 축성전(祝盛典)
- 축혼인(祝婚姻)
- 경하혼인(慶賀婚姻)
- 하의(賀儀)

회갑(回甲)

- 수하의(壽賀儀)
- 축수연(祝壽宴)
- 축희연(祝禧筵)
- 축회갑(祝回甲)

- 축환갑(祝環甲)
- 축주갑(祝周甲)
- 축화갑(祝華甲)
- 축화갑(祝花甲)

나이 칭호

- 70세: 축고희(祝古稀)
- 77세: 축희수(祝稀壽, 祝喜壽)
- 80세: 축산수(祝傘壽)

- 88세: 축미수(祝米壽)
- 99세: 축백수(祝白壽)

연령 칭호

- 15세: 지학(志學), 성동(成童)

- 20세: 약관(弱冠)

- 30세: 입년(立年)

- 32세: 이모년(二毛年)

- 40세: 불혹(不惑)

- 50세: 지천명(知天命)

- 50세 이상 60세 이하: 망육(望六)

- 61세: 화갑(華甲), 회갑(回甲), 주갑(週甲/周甲), 갑년(甲年)

- 70세: 고희(古稀), 희수(稀壽), 칠질(七秩)

- 77세: 희수(喜壽)

- 80세: 팔질(八秩)

- 88세: 미수(米壽)

- 100세: 백수(百壽), 기년(期年)

환자 병문안

- 기축쾌유(祈祝快癒)   - 快癒를 祈願합니다

- 기완쾌(祈完快)   - 빠른 快癒: 祈祝回春

상가(喪家), 추도일(追悼日), 기제사(忌祭祀), 위령제(慰靈祭)

- 조의(弔儀)
- 조의(弔意)
- 부의(賻儀)
- 근조(謹弔)
- 전의(奠儀)
- 애도(哀悼)

- 추모(追慕)
- 추도(追悼)
- 근도(謹悼)
- 명복(冥福)
- 향촉대(香燭代)

초상표시(初喪表示)

- 기중(忌中)
- 상중(喪中)
- 죽은 사람: 亡人, 亡者, 故人
- 죽은 아들: 亡子
- 소상: 大小喪

- 향전(香奠)
- 전의(奠儀)
- 비의(菲儀)
- 비품(菲品)

추도일(追悼日), 기제사(忌祭祀), 위령제(慰靈祭)

- 추도(追悼)

- 부의賻儀)

- 추모(追慕)　　　　　　　　- 향촉대(香燭代)

- 경모(敬慕)　　　　　　　　- 근도(謹悼)

- 전의(奠儀)　　　　　　　　- 근조(謹弔)

- 애모(哀慕)　　　　　　　　- 조의(弔儀)

승진(昇進) · 취임(就任) · 영전(榮轉) · 축하(祝賀)

- 축 승진(祝 昇進)　　　　　- 축 중임(祝 重任)

- 축 영전(祝 榮轉)　　　　　- 축 취임(祝 就任)

- 축 영진(祝 榮進)　　　　　- 축 연임(祝 連任)

- 축 선임(祝 選任)

개업(開業) · 이전(移轉) · 창립기념(創立紀念)

- 축 발전(祝 發展)　　　　　- 축 개장(祝 開場)

- 축 개업(祝 開業)　　　　　- 축 개점(祝 開店)

- 축 번영(祝 繁榮)　　　　　- 축 이전(祝 移轉)

- 축 성업(祝 盛業)　　　　　- 祝 創立○○周年

경선(競選) · 당선(當選) · 경연(競演) · 경기(競技)

- 축 필승(祝 必勝)
- 축 건승(祝 健勝)
- 축 당선(祝 當選)
- 축 입선(祝 入選)
- 축 합격(祝 合格)

- 축 피선(祝 被選)
- 축 우승(祝 優勝)
- 축 완승(祝 完勝)
- 축 개선(祝 凱旋)

입학(入學) · 졸업(卒業) · 합격(合格) · 학위취득(學位取得) · 퇴임(退任)

- 축 입학(祝 入學)
- 축 졸업(祝 卒業)
- 축 합격(祝 合格)
- 축 개교(祝 開校)

- 祝 ○ ○ 學位取得
- 祝停年退任
- 頌功, 勞還, 功鄕功
- 謹盡頌, 慰忠

군인(軍人)

- 축 진급(祝 進級)
- 축 건승(祝 健勝)

- 축 당선(祝 當選)
- 축 피선(祝 被選)

- 무운장구(武運長久)　　　　　- 진충보국(盡忠報國)

- 축 개선문입대무운장구(祝 凱旋軍入隊武運長久)

입주(入住) · 입택(入宅), 개업(開業), 건물(建物) · 공장(工場)
준공(竣工)

- 축 기공(祝 起工)　　　　　- 축 입택(祝 入宅)

- 축 상량(祝 上樑)　　　　　- 축 입주(祝 入住)

- 축 완공(祝 完工)　　　　　- 경하전이(慶賀轉移)

- 축 준공(祝 竣工)　　　　　- 가화만사성(家和萬事成)

- 축 개통(祝 開通)　　　　　- 복유성해(福流成海)

개업(開業) 등

- 축 개원(祝 開院/開園)　　　- 축 제막식(祝 除幕式)

- 축 개관(祝 開館)　　　　　- 축 만사형통(祝 萬事亨通)

전시회(展示會) · 연주회(演奏會) · 발표회(發表會) · 연극(演劇)

- 축 전시회(祝 展示會)   - 축 독주회(祝 獨奏會)

- 축 전람회(祝 展覽會)   - 축 독창회(祝 獨唱會)

- 축 박람회(祝 博覽會)   - 축 합창회(祝 合唱會)

- 축 개인전(祝 個人展)   - 축 발표회(祝 發表會)

- 축 연주회(祝 演奏會)   - 축 공연(祝 公演)

출판(出版) · 출간(出刊) · 출간기념(出刊紀念)

- 축 창간(祝 創刊)   - 축 출간기념(祝 出版紀念)

- 축 출간(祝 出刊)   - 祝 創刊 00周年

- 축 출판(祝 出版)

사례(謝禮)

- 박사(薄謝)   - 박례(薄禮)

- 약례(略禮)

송별(送別)

- 전별(餞別)
- 송별(送別)
- 전별금(餞別金)
- 장도(長途): 오랜 여로, 먼 길
- 장도(壯途): 중요한 사명을 띠고 씩씩하게 떠나는 길

윗분에게 도서책(圖書册) 선물할 때

- 혜존(惠存)
- 청람(淸覽)
- 소람(笑覽)

윗분에게 서화(書畵) 선물할 때

- 배증(拜贈)
- 배정(拜呈)
- 봉헌(奉獻)
- 근정(謹呈)

새해 신년(新年) 인사

- 신희(新禧)
- 공하 신년(恭賀 新年)
- 근하 신년(謹賀 新年)

추석(秋夕)

  – 중추절(仲秋節)   – 중추가절(仲秋佳節)

종교(宗教), 교회(教會)

  – 축 장로장립(祝 長老將立)   – 축 목사안수(祝 牧師按手)

  – 축 헌당(祝 獻堂)   – 축 영명축일(祝 靈名祝日)

  – 축 권사취임(祝 勸士就任)[1]

---

1   ㈜한국전례원 1급 예절지도사(심화) 과정 자료.

젊게 사는 노인들의
여덟 가지 공통점

나이에 비해 젊게 사는 노인들에게는 공통점이 있다.

첫째, 젊게 사는 노인들은 그 성격적 바탕이 긍정적이다.

이들은 매사에 예의 바르고 남을 배려할 줄 안다.

둘째, 젊게 사는 노인들의 공통점은 노욕(老慾)이 없다.

대체적으로 상대 의견을 먼저 들어주며 자기주장을 앞세우지 않는다.

셋째, 기본적으로 경제에서 독립적인 사람들이다.

젊게 사는 노인은 경제적으로 안정되어 있어 매사에 여유가 있다.

넷째, 거의 모두가 남을 배려하고 이해하려는 마음을 가지고 있다.

나를 앞세우지 않고 상대를 존중하고 이해하는 겸손이 있다.

다섯째, 자기의 정체성과 가치관을 가지고 있다.

이들은 정립된 삶의 철학이 있어 남에게 피해를 주지 않고 상대를 편안하게 하는 특징이 있다.

여섯째, 자기의 노년기를 젊고 활기 있게 사는 사람들의 큰 공통점의 하나가 읽기에 치중하는 삶이다.

지속적으로 카톡 글을 주고받으며, 책을 읽는다는 것은 뇌활동을 위해 아주 중요하다. 노년기에 가장 무서운 질병의 하나가 치매다.

일곱째, 계속적인 운동이다.

그들은 자기에게 알맞은 운동을 지속적으로 하고 있다. 운동은 모든 질병을 예방할 수 있는 수단이자 건강을 지키는 방법이기도 하다.

여덟째, 세상을 진지하게 사는 사람들 중 상당수는 종교를 가지고 있거나, 자기만이 꼭 지키며 사는 삶의 철학을 지닌다.

젊게 사는 노인들의 상당수는 신앙인들이었다. 그래서 그들은 겸손하고 오만하지 않으며 남을 편안하게 하는 심성을 가지고 있고, 자기만의 건강과 행복을 위한 삶의 철학을 실행하는 사람이다. (공감하는 좋은 글 중에서)

목표를 보면
삶이 달라진다

한때 번창했던 중세 어느 수도원에서 어느 날부턴가 하나둘 회원들이 계속 떠나기 시작했다.

"왜 원장님께선 떠나는 이들을 말리지 않으십니까?"

한 수련자가 따져 묻자 원장은 잠시 생각에 잠기더니 어떤 이야기를 들려주었다.

"한 사냥꾼이 사냥개들과 토끼 사냥을 나갔다네. 맨 처음 토끼를 발견한 사냥개는 마구 짖어 대며 토끼를 쫓아가지. 그러면 다른 사냥개들도 그 뒤를 따라 쫓아가네.

뒤따라가는 개들은 토끼를 직접 보지는 못했지. 그러다 어느덧 지치면 뒤따르던 개들은 토끼의 꼬리도 못 보고 포기하게 된다네.

그렇지만 토끼를 직접 본 그 개는 멈추지 않고 꿋꿋하게 쫓아가지. 자기 목표물을 분명히 보았기 때문이야. 이렇듯 목표가 있으면 어떤 어려움이나 힘든 일도 극복하는 법이라네."

이야기를 들은 수련자는 말없이 자기 자리로 돌아갔다.

목표를 누가 세워야 하는가? 바로 나다. 비전을 누가 봐야 하는가? 바로 나 자신이다. 남의 목표와 남의 비전을 따라가면 결국에 내가 흐트러진다. 스스로 각자의 미래를 보기 바란다.[1]

사냥꾼이 사냥개들과 토끼 사냥을 나가면, 맨 처음 토끼를 발견한 사냥개는 짖으며 토끼를 쫓아가지만 다른 사냥개들은 이유도 모르고 그 뒤를 따라 쫓아간다.

목표물을 보지 못하고 뒤만 쫓아가던 개는 곧 지치고 포기하게 된다.

그러나 토끼를 직접 본 그 개는 멈추지 않고 꿋꿋하게 쫓아간다. 그 이유는 자기 목표물을 분명히 보았기 때문이다.

이렇듯 내 목표 없이 남을 따르게 되면 내 삶을 사는 것이 아니며, 지쳐서 중도 포기할 수밖에 없다. 목표를 갖고 살아야 하는 이유다.

---

1   차동엽 신부, 『통하는 기도』, 위즈엔비즈, 359쪽.

누리고 있는 것을
감사히 여겨라

밥 러셀의 책(Money: A User's Manual)에는 한 농부 이야기가 나온다.

농부는 자기 농장에 대하여 불만이 많았다. 농장 안 호수를 늘 관리해야 하는 것도 귀찮았고, 풀밭을 초토화시키는 살찐 젖소들도 이만저만한 골칫거리가 아니었다. 울타리를 보수하고 가축을 먹이는 일도 지긋지긋했다. 끝내 농부는 부동산 중개업자에게 농장을 매물로 내놓았다.

며칠 후, 중개업자로부터 농장을 소개할 광고문을 확인해달라며 전화가 왔다.

"조용하고 평화로운 곳, 굽이굽이 이어진 언덕이며 보드라운 목초가 쫙 깔린 곳. 깨끗한 호수로부터 자양분이 들어오고 가축은 무럭무럭 자라는 축복의 땅."

말이 끝나기도 전에 듣고 있던 농부가 말했다.

"미안하지만 마음이 바뀌었소. 농장을 팔지 않겠소. 그 땅이 바로 내가 평생 찾고 있던 땅이오."

현재 자신이 누리고 있는 것이 사실 감사해야 할 대상이다. 이미 우리는 많은 것을 받고 축복을 누리고 있는 것이다.

기도하다 보면 가끔 이런 말이 불쑥 튀어나올 때가 있다.

"요즘엔 왜 응답이 안 올까? 기도 끗발이 떨어졌나?"

이런 때 바로 점검이 필요한 순간이다. 응답이 안 오는 이유는 틀림없이 내가 떼먹은 감사가 있기 때문이다. 내 이름이 지금 신용불량자 명단에 올라가 있는 것이다.

일단 신용불량자는 거래가 안 된다. 이 거래를 다시 트려면 어떻게 해야 하는가? 여태 안 갚은 것을 갚아야 한다.

필자가 처방을 하나 드리자면, 일단 나 자신이 감사가 부족해 신용불량자 명단에 올라갔다 생각되면 모을 수 있는 만큼 돈을 모아 보자. 액수는 중요하지 않다. 그런 뒤 본당에 가서 감사미사를 올리고 주님께 기도하는 것이다.

"지금까지 제가 주님께 드리지 못한 감사는 이걸로 완전히 청산입니다. 쌤쌤입니다."

그러면 말 그대로 쌤쌤이 되는 것이다.

복음서에는 예수님께서 나병 환자 열 사람을 치유해 주셨다는 이야기가 나온다(루카 17, 11-19). 여기서 예수님의 치유의 기적보다 눈여겨볼 대목은 단 한 사람만이 예수님께 돌아와 감사 인사를 드렸다는 데에 있다.

"열 사람이 깨끗해지지 않았느냐? 그런데 아홉은 어디에 있느냐?"(루카17, 17)

바로 예수님의 말씀이 오늘 우리에게 묻는 질문일 수도 있다는 것을 기억하자.[2]

보통 사람들은 자기의 현실에 만족하지 못하고 멀리서 행복을 찾으려는 경향이 있다. 나 자신의 환경에서 행복을 찾는 것은 쉬운 일이지만, 다른 곳에 행복이 있다고 생각하고 현실을 피하려 하는 것은 바람직하지 않다.

농부처럼 현재 나의 환경이 싫어 환상적인 꿈을 꾸며 농장을 팔려 했으나 중개업자가 보낸 '농장 소개 광고문'을 보고 마음이 변하여 현실에서 행복을 찾았듯이, 행복은 내 안에서 찾아야 하며 이렇게 할 때 우리는 진정 행복해질 수 있다.

2   위의 책, 340쪽.

인생을
즐겁게 노래하라

세상을 멋지게 사는 어른이라면, 사교 모임의 어떤 장소에서라도 외국어 노래 한두 곡 정도는 자연스럽게 마이크 잡고 노래할 수 있는 기본 정도는 갖추는 것이 멋진 어른의 품격이 아닐까 생각해 본다.

■ 프랭크 시나트라(Frank Sinatra)의 〈My Way〉

And now, the end is near,
And so I face the final curtain

My friend, I'll say it clear;
I'll state my case of which I'm certain

이제 죽을 날이 가까워
인생의 마지막 장을 마주하게 됐습니다.
친구여, 분명히 말할게요.
내가 잘 알고 있는 내 얘기를 할게요.

I've lived a life that's full—
I've travelled each and every highway.
And more, much more than this,
I did it my way.

난 충만한 인생을 살았답니다.
모든 길을 다 가 봤고
그리고 그보다 더 중요한 것은
내 방식대로 했다는 거예요.

Regrets? I've had a few
But then again, too few to mention.
I did what I had to do
And saw it through without examption.

후회요? 조금 있었죠,

하지만 입 밖에 내서 말할 정도는 아니죠.

난 내가 해야 할 일을 했고

어떤 예외도 없이 끝까지 해냈답니다.

I planned each chartered course—

Each careful step along the byway,

And more, much more than this,

I did it my way.

난 내 인생의 진로를 계획했고

샛길을 따라 한 걸음 한 걸음 신중하게 계획했죠.

그리고 그보다 더 중요한 것은,

내 방식대로 했다는 거예요.

Yes, there were times, I'm sure you knew,

When I bit off more than I could chew,

But through it all, when there was doubt,

I ate it up and spit it out.

그래요, 그럴 때도 있었죠. 당신도 알았겠지만,

내가 과욕을 부렸던 때도 있었죠.

하지만 그 모든 것을 통해, 의구심이 들 때도
그 일들을 잘 해냈죠.

I faced it all and I stood tall
And I dit my way.
I've loved, I've laughed and cried,
I've had my fill—my share of losing.

모든 일에 정면으로 맞섰고 당당히 버텼죠.
그리고 내 방식대로 했어요.
난 사랑을 하기도 하고, 웃기도 하고, 울기도 했죠.
패배도 실컷 맛봤죠.

And now, as tears subside,
I find it all so amusing.
To think I did all that,
And may I say, not in a shy way—

그리고 이제, 지나고 보니,
그 모든 것이 재미있게 생각되네요.
내가 그런 일들을 다 했다고 생각하니,
말해도 될까요, 수줍게 하는 말이 아니에요.

Oh no. Oh no, not me
I did it my way.

오 아니에요. 오 아니에요, 난 그렇지 않아요.
난 내 방식대로 했어요.

For what is a man? What has he got?
If not himself—Then he has naught.

남자란 무엇 때문에 남자인가요? 무엇을 가졌나요?
그 자신이 아니라면 남자는 아무것도 아니랍니다.

To say the things he truly feels
And not the words of one who kneels.
The record shows I took the blows
And I did it my way.

자신의 솔직한 감정을 말하고
비굴한 말을 하지 말아야죠.
내 지나온 날이 모여 주듯 난 당당히 시련을 받아들였고
그리고 난 내 방식대로 했어요.

■ 도리스 데이(Doris Day)의

〈Que Sera, Sera〉(Whatever Will Be, Will Be)

When I was just a little girl

I asked my mother, "What will I be?

Will I be pretty, will I be rich?

Here's what she said to me

내가 어린 여자아이였을 때

나는 엄마에게 물어보았다. 난 뭐가 될까요?

나는 예뻐질까요? 부자가 될까요?

엄마는 이렇게 대답하셨다.

Que sera, sera

Whatever will be, will be

The future's not ours to see

Que sera, sera

What will be, will be

무엇이든 되겠지,

무엇이든 될 거야.

미래는 우리가 볼 수 없단다.

무엇이든 되겠지,

무엇이든 될 거야.

When I was young, I fell in love

I asked my sweetheart what lies a head

Will we have rainbows, day after day?

Here's what my sweetheart said

젊었을 때 난 사랑에 빠졌다.

난 애인에게 앞으로 무엇이 펼쳐져 있을까 물어보았다.

무지개가 펼쳐져 있을까? 매일매일?

내 애인은 이렇게 대답했다.

Que sera, sera

Whatever will be, will be

The future's not ours to see

Que sera, sera

What will be, will be

무엇이든 되겠지,

무엇이든 될 거야.

미래는 우리가 볼 수 없단다.

무엇이든 되겠지,

무엇이든 될 거야.

Now, I have children of my own

They ask their mother, What will I be?

Will I be handsome, will I be rich?

I tell them tenderly

이제 내 아이들이 생겼다.

아이들은 엄마에게 묻는다, 난 뭐가 될까요?

난 잘생겨질까요? 부자가 될까요?

난 아이들에게 다정하게 말한다.

Que sera, sera

Whatever will be, will be

The future's not ours to see

Que sera, sera

What will be, will be

무엇이든 되겠지,

무엇이든 될 거야.

미래는 우리가 볼 수 없는 거란다.

무엇이든 되겠지.

무엇이든 될 거야.

■ 팻 분(Pat Boone)의 〈Love Letters In The Sand〉

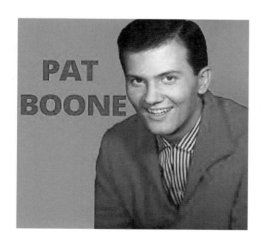

On a day I like today

We passed the time away

Writing love letters in the sand

How you laughed when I cried

Each time I saw the tide

Take our love letters from the sand

오늘 같은 어느 날

우리는 모래 위에 사랑이라는 글자를 쓰면서

시간을 보냈지.

내가 눈물지을 때 당신은 어떻게 웃을 수가 있지요?

파도가 우리의 사랑이란 모래 위의 글자를

씻어 갈 때마다

You made a vow that

you would ever be true

But somehow that

vow meant nothing to you

당신은 단 한 번도 진심이어 본 적이 없는

맹세를 하였습니다.

그러나 그 맹세는

당신에게는 아무런 의미가 없었어요.

Now my broken heart aches

With every wave that breaks

Over love letters in the sand

이제 상처 입은 내 마음은

모래 위에 쓰인 사랑이란 글자 위로

파도와 함께 부서지고 있어요

■ 더 캐스케이즈(The Cascades)의 〈Rhythm of The Rain〉

Listen to the rhythm of the falling rain

Telling me just what a fool I've been

I wish that it would go and let me cry in vain

and let me be alone again

떨어지는 빗방울의 리듬에 귀를 기울여 봐요.

내가 얼마나 바보였던가 비웃고 있답니다.

정말 그랬으면 좋겠어요, 헛되이 우는 날 내버려 두고

다시 혼자 있게 해 줘요.

The only girl I care about has gone away

Lookin' for a brand new start

but little does she know that when she left that day

Along with her she took my heart

내가 관심 가졌던 단 하나의 여인은 떠나 버렸지요.

새로운 출발을 시작하려고 떠나던 날에도

그녀는 아무것도 몰랐습니다,

내 마음을 가져가 버린 것을.

Rain please tell me now does that seem fair

For her to steal my heart away

when she doesn't care

I can't love another

when my heart's somewhere far away

비야 이제 말해 줘, 그게 공평해 보이는지.
그녀가 신경 쓰지 않을 때
내 마음을 훔쳐 가려고?
내 마음이 어딘가 멀리 떨어져 있으면
다른 사람을 사랑할 수 없어요.

The only girl I care about has gone away
lookin' for a brand new start
But little does she know that when she left that day
Along with her she took my heart
Rain won't you tell her that I love her so
Please ask the sun to set her heart aglow

내가 아끼던 유일한 여자가 가 버렸어요.
완전히 새로운 시작을 찾아
하지만 그녀는 그날 떠났을 때 그 사실을 거의 알지 못해요.
그녀와 함께 그녀는 내 마음을 가져갔어요.
비야, 내가 그녀를 너무 사랑한다고 말해 주지 않을래?
태양에게 그녀의 마음을 밝게 해 달라고 부탁하세요.

Rain in her heart

and let the love we knew start to glow

Listen to the rhythm of the falling rain

Tellin' me just what a fool I've been

I wish that if would go and let me cry in vain

And let me be alone again

그녀의 마음에 비를 내려

우리가 알고 있던 사랑이 자라나게 해 주세요.

내리는 비의 리듬을 들어 보세요.

내가 얼마나 바보였는지 말해 주고 있어.

가 버려서 헛되이 울게 했으면 좋겠어.

그리고 나를 다시 혼자 있게 해 주세요.

Oh listen to the falling rain

pitter patter pitter patter

Woo listen, listen to the falling rain

Pitter patter, pitter patter, ohh

Ooh listen, listen to the falling rain

오, 떨어지는 비를 들어 보세요.

톡톡 톡톡 톡톡

우, 들어 봐, 떨어지는 빗소리를 들어 봐.

퍽퍽, 퍽퍽,

우, 들어 봐, 떨어지는 빗소리를 들어 봐.

■ 엘비스 프레슬리(Elvis Presley)의 〈Love Me Tender〉

Love me tender

Love me sweet

Never let me go

You have made my life complete

And I love you so

부드럽게 날 사랑해 주세요.

달콤하게 날 사랑해 주세요.

날 떠나보내면 안 돼요.

당신은 내 인생을 완전하게 만들었어요.

그리고 난 당신을 정말 사랑해요.

Love me tender

Love me true

All my dreams fulfilled

For my darlin' I love you

And I always will

부드럽게 날 사랑해 주세요.

진심으로 날 사랑해 주세요.

내 꿈은 전부 이루어졌어요.

그러니까 내 사랑 난 당신을 사랑해요.

그리고 언제나 사랑할 거예요.

Love me tender

Love me long

Take me to your heart

For it's there that I belong

And we'll never part

부드럽게 날 사랑해 주세요.

오랫동안 날 사랑해 주세요.

날 당신의 마음으로 데려가 주세요.

내가 속한 곳은 거기니까요.

그리고 우리 절대 헤어지지 않을 거예요.

Love me tender

Love me true

All my dreams fulfilled

For my darlin' I love you

And I always will

부드럽게 날 사랑해 주세요

진심으로 날 사랑해 주세요

내 꿈은 모두 이루어졌어요.

그러니 내 사랑 난 당신을 사랑해요.

그리고 언제나 사랑할 거예요.

Love me tender

Tell me you are mine

I'll be yours through all the years

Till the end of time

부드럽게 날 사랑해 주세요.

당신이 내 거라고 말해 주세요.

난 당신 거예요, 영원토록

시간이 끝날 때까지

Love me tender

Love me true

All my dreams fulfilled

For my darlin' I love you

And I always will

부드럽게 날 사랑해 주세요.

진심으로 날 사랑해 주세요.

내 꿈은 모두 이루어졌어요.

그러니 내 사랑, 날 사랑해 주세요.

그리고 나도 언제나 사랑할 거예요.

- 앤디 윌리암스(Andy Williams)의 〈**Moon River**〉

Moon River wider than a mile
I'm crossing you in style somebody
Oh dream maker, you heartbreaker

달이 비치는 강아, 너는 1마일보다도 더 넓구나
나는 언젠가는 너를 멋지게 건너게 될 거야.
넌 꿈을 만들고 있지. 실연당한 사람 같아.

Wherever you'are going I'm going your way
Two drifters off to see the world

There's such a lot of world to see

네가 어디로 흐르든 난 너를 따라갈 거야.
방랑자 둘이서 세상을 보기 위해 가는 거야.
세상에는 볼 것이 너무 많단다.

We're after the same rainbows end
And walking round the bend
My huckleberry friend, Moon River

우리는 똑같은 무지개의 끝을 찾아가는 거지.
길이 굽은 중간에선 기다리기도 할 거야.
내 모험의 친구, 문 리버.

■ 덩리쥔(鄧麗君)의 〈첨밀밀(恬蜜蜜)〉

甛蜜蜜，你笑得甛蜜蜜

甛蜜蜜，你笑得甛蜜蜜

Tiánmìmì、Nǐ xiào dé tiánmìmì

달콤해요, 그대 미소는 달콤하지요.

好像花兒開在春風裡，開在春風裡

好像花儿開在春風里，開在春風里

Hǎoxiàng huāér kāi zài chūnfēng lǐ, kāi zài chūnfēng lǐ

봄바람 속에서 꽃이 피는 것처럼, 봄바람 속에 피는 것처럼

在哪裡，在哪裡見過你

在哪里，在哪里見過你

Zài nǎlǐ, zài nǎlǐ jiàn guò nǐ

어디에서, 어디에서 그대를 만났더라?

你的笑容這樣熟悉，我一時想不起

你的笑容這樣熟悉，我一時想不起

Nǐ de xiào róng zhè yàng shú xī, wǒ yī shí xiǎng bù qǐ

그대 미소는 이렇게 낯익은데, 도무지 생각이 안 나요.

啊，在夢裡

啊,在梦里

A, zài mèng lǐ

아, 꿈속에서였군요.

夢裡、夢裡見過你

梦里、梦里见过你

Mèng lǐ, mèng lǐ jiànguò nǐ

꿈에서, 꿈속에서 그대를 만났군요.

甜蜜笑得多甛蜜

甜蜜笑得多甜蜜

Tiánmì xiào dé duō tiánmì

달콤한, 달콤한 그 미소

是你、是你、夢見的就是你

是你、是你、梦见的就是你

Shì nǐ, shì nǐ, mèng jiàn de jiùshì nǐ

그대군요, 그대였어요, 꿈에서 본 사람이 그대였군요.

■ 주화건(周華健)의 〈친구(朋友)〉

这 些 年 一 个 人 风 也 过 雨 也 走
zhè xiē nián yī gè rén fēng yě guò yǔ yě zǒu
이 세상 홀로 살다 보면 바람도 비도 만나고

有 过 泪 有 过 错 还 记 得 坚 持 什 么
yǒu guò lèi yǒu guò cuò hái jì de jiān chí shénme
눈물도 흘렸고 실수도 있었지만 그래도 무엇을 간직해야 하
는지 기억하고 있었다.

真 爱 过 才 会 懂 会 寂 寞 会 回 首
zhēn ài guo cái huì dǒng huì jì mò huì huí shǒu
진짜 사랑을 하며 비로서 이해할 수 있게 되었다. 쓸쓸해지

고 그립겠지만

终 有 梦 终 有 你 在 心 中

zhōng yǒu mèng zhōng yǒu nǐ zài xīn zhōng

내 맘속엔 언제나 나의 꿈과 네가 있었어.

朋 友 一 生 一 起 走 那 些 日 子 不 再 有

péng you yī shēng yī qǐ zǒu nà xiē rì zi bú zài yǒu

친구는 일생을 함께 가지 그 시절은 다시 돌아올 수 없겠지만

一 句 话 一 辈 子 一 生 情 一 杯 酒

yī jù huà yī bèi zi yī shēng qíng yī bēi jiǔ

한마디 말에 한평생을 걸고 일생의 정을 한잔 술에 나누자.

朋 友 不 曾 孤 单 过 一 声 朋 友 你 会 懂

péng you bù céng gū dān guò yī shēng péng you nǐ huì dǒng

친구가 있어 쓸쓸하지 않았어. 친구라는 한마디로 너는 이
해할 거야.

还 有 伤 还 有 痛 还 要 走 还 有 我

hái yǒu shāng hái yǒu tòng hái yào zǒu hái yǒu wǒ

상처도 있고 고통도 있겠지만 그래도 가야 해. 내가 있잖아.

운(Luck)과 행운(Good Luck)의
차이를 아시나요?

"운은 스쳐 지나가는 것일 뿐
머물지 않습니다.
행운은 스스로 만들어 내는 것이므로
영원히 가질 수 있습니다.

만일 오늘을 내일로 미룬다면
행운은 결코 찾아오지 않을 것입니다.

새로운 미래를 원한다면
그 시작이 분명히 있어야 합니다.
또한 그 첫발을 오늘 당장 시작하세요!"

– 엘렉스 로비라셀마의 『행운』 중에서

필자는 2023년 4월 강원도 강릉에서 우연히 4잎 클로버와 6잎 클로버를 채취한 일이 있다. 보통 사람들이 4잎 클로버(행

운을 상징)는 찾는다 해도, 6잎 클로버는 찾기가 쉽지 않다고
한다.

왜냐하면 클로버는 한 줄기에 잎 3개가 피는데 두 줄기가 겹
쳐져 피는 클로버가 6잎이기 때문이다. 줄기 굵기가 보통 클
로버의 2배다. 2줄기가 합쳐진 것이니 그럴 수밖에!

이런 경우는 돌연변이로, 6잎 클로버를 '미라클'이라고 한다
며 믿을 수 없는 좋은 일이 생긴다고 한다.

6잎 클로버 사진

인생에 나비넥타이가 묶여 있지 않더라도,

인생은 여전히 선물입니다.

Part 10

나이는
마음먹기에 달렸다

80의 벽을 넘으면
행복한 20년이 기다리고 있다

일본의 정신과 의사 와다 히데키(和田秀樹)가 저술한 『80세의 벽』에서 저자는 80세 벽을 어떻게 넘어야 하는가에 대해 다음과 같이 설명한다.

80이 넘으면 우선 싫은 걸 억지로 참지 말고, 좋아하는 일을 하고 먹고 싶은 건 먹는다.

술은 몸에서 원하면 마셔도 된다. 하지만 반주를 정도껏 즐기는 정도가 현명하다. 다만 연속 음주는 피해야 한다. 여기에서 연속 음주란, 매일 마시는 것이 아니라 온종일 마시는 개념이다. 아침에는 해장술, 점심에는 술, 저녁에는 반주하는 식으로, 고령자는 시간이 많아서 종일토록 술을 입에 달고 사는 사람이 있는데, 연속 음주만은 절대로 해서는 안 된다.

건강 검진은 받지 않아도 된다. 그리고 약은 몸 상태가 나쁠 때만 복용하면 된다. 머리가 아프면 두통약을 위가 아프면 위장약을 먹으면 된다.

운동은 적당하게 하라. 하루 30분 정도 걷기 운동이 딱 알

맞다. 또 혈압이나 혈당, 콜레스테롤 수치는 약으로 무리하게 내리지 않는 것이 좋다.

운전면허증은 반납하지 마라. 반납해 버리고 나면 5~6년 후에 돌봄을 받게 될 위험이 2.2배나 증가한다.

텔레비전을 꺼라. 그리고 밖으로 나가라. 바깥세상은 신선한 자극으로 가득해서 당신의 마음과 몸, 그리고 뇌를 건강하게 해 준다.

어떤 의사를 선택하는지가 노후의 행복과 불행을 좌우한다. 되도록 집에서 가까운 곳에 내과병원 주치의를 정해 둘 것을 추천한다.

몸, 컨디션 무엇이든 말하면 그에 알맞은 조언을 해 줄 것이다. 의사가 마음에 들지 않으면 내 의견을 존중해 주는 의사로 바꿔라.

80세가 지나면, 누구나 몸속에 많은 병의 종자를 갖고 있다.

병원에서 검사받고 병을 발견하여 약을 먹거나 수술받아 수명을 연장할 것인가, 아니면 자택이나 요양원에서 하고 싶은 일 해가면서 살 것인가?

그건 오로지 당신이 선택할 일이다.

염분·당분·지방 등을 가리지 말고 당기는 것을 실컷 드시라.

먹고 싶다는 건, 몸이 요구한다는 것이다. 오히려 영양 부족은 노화를 촉진시킨다.

그냥 하고 싶은 거 하라. 그간 살아온 대로 편안히 살아가도록 하자.

80의 벽을 넘으면 인생에서 가장 행복한 20년이 기다리고 있다.[3]

우리가 80이 넘으면 건강 검진을 받지 않아도 되며, 약은 몸 상태가 나쁠 때만 복용하면 된다.

텔레비전을 끄고 밖으로 나가라. 바깥세상은 뇌를 건강하게 해 준다.

내가 원하는 조언을 해 주고 내 의견을 존중해 주는 내과 주치의를 정해 두어라.

당기는 음식은 몸이 요구하는 대로 실컷 들어라. 안 들면 오히려 영양 부족이 되어 노화를 촉진시킨다.

아직 건강하다면, 이렇게 살아도 문제가 없기 때문이다.

---

3   와다 히데키, 『80세의 벽』, 한스미디어, 19, 20, 35, 37~40쪽.

유럽, 미국과 한국의
부의 기준에 대하여

■ 한국인의 중산층(직장인 설문 조사)

 – 부채 없는 아파트 30평 이상 소유

 – 월 급여 500만 원 이상

 – 자동차는 2,000cc급 중형차 이상 소유

 – 예금액 잔고 1억 원 이상 보유

 – 해외여행 1년에 한 차례 이상 다니는 정도

■ 미국의 중산층(공립학교에서 가르치는 기준)

 – 자신의 주장에 떳떳하고

 – 사회적인 약자를 도와야 하며

 – 부정과 불법에 저항하고

 – 테이블 위에 정기적으로 받아 보는 비평지가 있어야 한다.

■ 영국의 중산층(옥스포드 대학에서 제시한 기준)

– 페어플레이를 할 것

– 자신의 주장과 신념을 가질 것

– 독선적으로 행동하지 말 것

– 약자를 두둔하고 강자에 대응할 것

– 불의, 불평, 불법에 의연히 대처할 것

■ 프랑스의 중산층(퐁피두 대통령이 '삶의 질'에서 정한 기준)

– 외국어를 하나 정도는 할 수 있어야 하고

– 직접 즐기는 스포츠가 있어야 하고

– 다룰 줄 아는 악기가 있어야 하며

– 남들과 다른 맛을 낼 수 있는 요리를 만들 수 있어야 하고

– '공분'에 의연히 참여하고

– 약자를 도우며 봉사활동을 꾸준히 해야 한다. (공감하는 좋은 글 중에서)

■ 중산층 기준에 대한 가치관의 차이

한국인의 중산층 기준은 물질적이며 세속적인 데 반해 미국은 자신의 주장이 떳떳해야 하고 사회정의 구현을 하는 삶을 사는 이를 중산층으로 본다.

또 영국은 페어플레이를 하며, 자신의 신념을 갖고 약자를 돕는, 불의에 의연히 대처하는 인성을 가진 사람을 중산층으로 보며, 프랑스는 제2 외국어를 하고 스포츠, 악기를 다룰 줄 알며 사회정의 구현 참여 및 봉사를 하는 시민의식을 갖는 것을 중산층의 기준으로 하고 있다.

이렇듯 한국과 미국, 유럽 등 각국의 기준이 큰 차이를 보이며, 소위 선진국이라고 하는 나라의 좋은 점은 우리가 배우고 바꿔 나가는 것이 한국의 밝은 미래와 성장을 위해 큰 도움이 될 것이다.

이를 바로잡는 것이 한국 국민의 의식 수준이 선진국으로 도약할 수 있는 계기를 앞당길 수 있다고 본다.

또한 상기 나라별 중산층 기준은 참고 사항으로, 주장하는 사람과 조사에 응한 사람들의 의견이며, 각자 나름대로 최선을 다해 삶을 살아온 어른으로서, 내 기준에 맞는 판단이 옳은 기준이라 사료되며, 상기 기준에 나 자신을 비교할 필요는 없다고 본다.

국가마다 중산층의 기준이 크게 다르다는 점을 인식하여 후반부 인생을 슬기롭게 살아가는 어른이 될 수 있기를 기대해 본다.

75세 이후
건강하게 살기 위해서는

운동을 하면 좋지만, 안 해도 남들과 어울려 다닌 사람이 더 튼튼하다. 매일 한 번 이상 집 밖을 나서면 외출족으로, 일주일에 한 번 이상 친구나 지인과 만나거나 전화로 대화를 하면 교류족으로 분류한다.

결국 외출과 교류를 비교했을 때, 교류족이 외출족보다 신체 활력이 좋은 것으로 나타났다. 이는 외로이 홀로 등산을 다닌 것보다 사람을 만나서 수다 떠는 게 낫다는 얘기다.

그래서 일본에서는 노쇠를 측정하는 지표에 '일주일에 몇 번 남과 어울립니까?'라는 질문이 꼭 들어 있다. 위와 같이 남들과 잘 교류하면서 살아가는 것이 노화를 막는 지름길이다.

참고로, 식사 직후 습관으로 피해야 할 것은 양치질 바로 하기, 커피나 녹차 마시기, 식사 후 드러눕기, 식후 디저트, 무리한 운동이다. 모두 안 좋다 하니 피하기 바란다. (공감하는 좋은 글 중에서)

50년 심장 전문의사의
솔직한 한마디

외식도 않고 건강식만 먹으며 평생을 살아온 아내가 70세 전에 암으로 먼저 세상을 떠났다. 지금은 자식보다 이웃이 더 좋다. 산새가 좋은 이곳에 이웃들이 제법 생겼다.

■ 심혈관 운동, 과연 좋은가?

심혈관 운동이 수명을 연장시켜 줄 수 있다고 생각하는 사람들이 많다. 심장 운동은 박동에만 좋다. 그뿐이다.

그래서 60세 이후엔 너무 운동에 시간을 낭비하지 않는 것이 좋다. 심장박동이 강해지면 심장 노화가 빨리 온다. 심장박동을 가속화한다고 해서 더 오래 살 수 있다면 운동선수들이 오래 살아야 되지 않는가.

해답은 오래 살고 싶다면 운동은 적당히 하고 낮잠을 즐기며 몸을 아껴라.

■ 술, 중단하거나 줄여야 하나?

알코올을 중단하거나 섭취량을 줄여야 하냐는 질문이 많다.

과일로 만든 포도주, 과일주는 좋다. 그리고 꼬냑과 브랜디는 와인을 증류한 것이니 더 좋다고 할 수 있다. 막걸리도 맥주도 곡식으로 만들어진 곡물주라 좋다. 적당히 마시고 즐기라고 권한다.

『음주의 과학』 저자 '요시모토'는 알맞은 음주 적정량은 순수 알코올로 환산했을 때 1일 평균 20g 정도라 했으며, 20g 정도면 맥주 큰 캔(500㎖)으로 1캔, 사케 1홉(180㎖), 포도주는 와인 잔으로 2~3잔 정도다.

솔직히 너무 적은 듯하다. 여성은 남성보다 알코올에 더 취약하므로 적정량의 절반에서 3분의 2가량이 적당하다고 한다.

■ 운동이 건강에 좋다?

운동 프로그램에 참가하거나 등산이나 골프 등 그룹 활동이 건강에 좋다고 생각하며 사는 사람들이 많다. 글쎄, 그저 어울림이다.

여럿이 만나면 기분으로 활력을 느낄 수 있다. 그렇게 어울리다 헤어져 집으로 돌아오면 즐거워야 할 몸이 피곤하다. 그래서 나는 그런 것으로 건강이 연결된다고 생각하지 않는다.

내 철학은 좋은 환경에서 좋은 음악을 들으며 조용히 자연을 음미하는 것이 뇌 건강에 훨씬 좋고, 뇌가 건강해지면 온몸이 건강해진다고 생각한다. 늘 자기 몸을 단련하는 장수보다, 산사에서 참선하는 스님이 오래 사는 이유가 바로 여기에 있다.

■ 튀긴 음식, 탄 음식은 절대 안 된다?

음식에 대해 말이 많다. 특히 죄도 없는 튀긴 음식을 가지고 몸에 좋지 않다느니, 탄 음식이 암이 생긴다느니 하며 맞지도 않는 소리를 마치 정답처럼 떠들어 댄다.

나는 이렇게 말한다. 그런 말들 듣지 마라. 입으로 먹고사는 사람들은 뭔가를 트집 잡아 겁을 주어야 먹히는 줄 안다. 야채 기름에 튀긴 음식이 왜 더 나쁘며, 고기나 음식이 약간 그을리거나 타면 그 맛이 그만이다.

거의 새카맣게 태워 바비큐를 즐기는 미국인들은 우리보다 암 발생률이 40%도 못 미친다. 과식만 하지 말고 뭐든 즐기라고 말하고 싶다.

■ 초콜릿, 건강에 나쁜가?

여성들이 좋아하는 초콜릿이 건강에 나쁜가 하는 질문을 많이 받았다. 코코아도 콩이고 식물성 종류이다. 다시 말해 가장 기분 좋은 음식이다. 걱정을 묶어 두고 즐겨라.

인간들은 건강한 몸으로 살기 위해서 좋다는 건 기를 쓰고 먹으려 하고, 맞지도 않는 건강 강의를 정설처럼 들으며 바보의 길을 서슴지 않고 간다.

나이가 들수록 오히려 옆으로 일탈하여, 정설처럼 떠들어대는 건강식, 건강 체조 등 이런 물가에 자갈 숫자만큼 흔한 이론에 자신을 대입시키지 말고, 정반대되는 편안하고 쉽게 접촉할 수 있는 쪽으로 가라.

아무리 건강식이니 건강 운동, 등산, 하이킹, 수영을 열심히 한다 해도 결국 여전히 죽을 것이기 때문에 좋아하는 것을 먹으며 지금 살아 있는 것을 즐기라고 말하고 싶다.

인류 건강을 위한다며 개발과 투자를 한 장본인들을 보자.

- 러닝머신의 발명가는 54세의 나이로 세상을 떠났다.

- Gym을 개발하고 기구를 발명한 발명가는 57세 나이로 세상을 떠났다.

- 세계 보디빌딩 챔피언은 41세의 나이로 세상을 떠났다.

- 세계 최고의 축구선수 마라도나는 60세의 나이로 세상을 떠났다.

건강식을 주장하고 제품까지 만들었던 많은 분들이 일찍 세상을 떠났다. 그들은 주장대로라면 백 세를 살았어야 했다. 하지만 현실은 어떨까?

- KFC 발명가는 94세에 사망하였다.

– 누텔라 브랜드의 발명가가 83세의 나이로 세상을 떠났다.

– 담배 제조사 윈스틴은 102세 나이로 세상을 떠났다.

– 헤네시 코냑 발명가는 98세에 세상을 떠났다.

어떻게 의사들은 운동이 수명을 연장시킨다는 결론에 도달했을까?

청년부터 50세 전까지는 그 이론이 도움이 될지 모르나, 60세가 되면 겉모습과 상관없이 이제껏 타고 온 큰길은 끝나고, 저승길이란 도로가 시작된다.

그 길을 이미 타고 있다면 열심히 먹고 싶은 것 먹고, 몸을 편하게 하면 큰 병 없이, 여기저기 몸이 아파 고생하는 고통 없이 간다.

힘든 몸을 끌고 남들 한다고 기를 쓰고 산길을 다니면 남보다 하루 더 살 것 같다는 착각을 하지 마라! 당신이 무엇을 하든 가는 시간과 날짜는 이미 잡혀 있다.

토끼는 항상 뛰고 있지만 2년밖에 살지 못하고 전혀 운동을 하지 않고 느리고 느린 거북이는 400년을 산다. 그것이 바로 결론이다.

나이가 들면 휴식을 취하고, 맛있는 음식 맘껏 먹고 커피에 꼬냑을 타서 마시며 가는 그 시간까지 먹다 죽으면 그게 축복

이다. (받은 좋은 글에서)

나이 들어서 몸에 좋다고 운동에 시간 낭비하지 말고, 술은 몸에서 당기면 적당히 마시는 것도 좋다.

지금 큰 병이 없다면 좋아하는 음식 먹으며 삶을 즐기는 것이 몸에 이롭다. 토끼는 항상 뛰고 있지만 2년밖에 살지 못하고, 전혀 운동을 하지 않는 거북이는 400년을 산다.

나이 들면 휴식하며 먹고 싶은 음식 먹고 하고 싶은 것 하며 즐기는 것이 축복받은 삶이다.

은퇴 후 삶에서도
무엇인가를 시작해야 한다

매미의 일생은 7년을 기다렸다가 성충이 되어 이 세상에 나와서 한 달(30일)로 생을 마친다. 우리는 이제 수명 100세 시대를 맞아, 매사를 멀리 보고 준비된 삶을 살아가야 하지 않을까?

국내외적으로 60이 넘어 변신하여 80대에 인생의 꽃을 피운 사람들이 많다. 그들은 자신의 열정을 불사르고 무한한 능력을 펼쳐 보이며 나이는 더 이상 장애물이 아니라며 노익장을 과시한다.

2011년 3월 기준으로 104세인 웨슬리 브라운은 49년째 재판 업무를 맡고 있는 미국 최고령 현직 판사다.

세계 최고급 오디오 기업인 하먼 인터내셔널 창업자인 시드니하먼은 92세에 워싱턴포스트에서 미국 시사주간지 '뉴스위크'를 사들여 주간지 발행인으로 변신했다.

물론 미국이니까 이런 것이 가능하지 않느냐 할 수 있지만, 인간의 나이 한계는 수명 연장으로 본인의 의지만 있다면 100세까지도 현역으로 뛸 수 있다는 것을 보여 주고 있다.

3초의 여유를 갖고 살면 행복해진다

한국인은 숫자 '3'과 인연이 깊다. 씨름을 해도 3번을 싸워 승부를 결정하고, 거의 모든 것에 '삼세번'이라는 기본 인식을 갖고 살아왔다.

우리가 친구 또는 지인과 헤어질 때 바로 돌아서지 말고 그 모습을 3초 동안만 보고 서 있어 주면 어떨까? 혹시 그가 가다가 뒤돌아봤을 때 손을 흔들어 줄 수 있도록.

파란 출발 신호등이 켜졌는데 앞차가 그냥 있어도 빵빵 울리지 말고 3초만 기다려 주면 어떨까? 앞사람은 지금 인생의 중요한 기로에서 갈등하고 있는지도 모른다.

아침에 눈을 뜨고 오늘 새로운 하루를 맞는 기쁨에 3초만 감사하면 어떨까? 오늘 하루의 행복을 꿈꾸며 하느님께 감사의 기도를 해 보는 것이다.

우리가 인생을 살아가면서 겪는 모든 순간에 3초의 생각하는 여유를 갖는다면 우리의 삶이 좀 더 여유로워지지 않을까? (받은 좋은 글 중에서)

미국에 가면 "Seat back and relax"라는 이야기를 자주 듣는다. '의자를 뒤로 젖히고 편하게 휴식을 취하라'는 이야기로, 삶의 여유를 갖고 살라거나 잠시 휴식을 취하라고 할 때 하는 이야기다.

거의 모든 말에 '빨리빨리'가 들어가는 우리의 삶에 '급할수록 천천히'라는 말을 기억하며 인생을 한 박자 늦춰서 살아간다면 우리의 삶이 좀 더 여유로워지지 않을까?

나는 과연
양인가 염소인가

이스라엘 성지순례 때의 이야기라 하며, 성지 안내를 해 주신 분은 70이 넘은 고령이었다.

이스라엘 성지로 가던 버스 안에서 차를 잠시 세우고 밖을 보라 했는데, 초원에서 양들이 풀을 뜯고 있는 풍경이 평화롭고 아름다웠다.

그때 그분이 손으로 가리키는 곳을 보았는데, 염소 한 마리가 양 가운데 섞여 이리저리로 뛰면서 날카로운 뿔로 양들을 들이받는 통에 양들은 염소를 피하느라 정신없이 뛰고 있었다.

안내하는 분의 설명에 의하면, 양들은 본성은 순하지만 게을러서 배가 고파도 잘 움직이지 않는다고 한다. 염소는 양들과 정반대의 성질로 잠시도 가만히 있지를 못하고 쉴 새 없이 뛰어다니며 닥치는 대로 뿔로 받는 성질이 있다.

그래서 양들 속에 염소를 풀어놓으면 염소의 사나운 뿔이 두려워 양들이 도망을 다니다가 그곳에 새 풀이 있어 먹이를 찾을 뿐만 아니라 운동까지 병행하게 되어 건강하게 성장할 수 있도록 도움을 준다고 한다.

그러고는 이렇게 물어 오셨다.

"그렇다면 양을 쫓는 염소가 양들에게 귀찮은 존재일까요, 아니면 고마운 존재일까요?"

옛날 유럽 어민들도 많은 청어를 살아 있는 채로 운반하기 위해 천적인 메기를 함께 수조에 넣었다는 이야기를 들었다.

냉동시설이 없는 당시 많은 청어들이 운반 도중 폐사했는데, 천적이 들어 있는 수조의 청어는 메기를 피하느라 활동량이 많아서 오랫동안 살아 있는 것을 발견하고 이 방법을 이용해 왔다고 한다.

나는 과연 양과 같은 사람인가? 누군가는 나를 염소라고 생각하는 사람은 없을까? 염소 같은 그들을 통하여 인내를 배우고, 겸손을 터득하고, 이해하려는 마음이 넓어지지 않았는지 연구해 봐야겠다.

나는 어떤 사람에게는 양과에 속하면서도, 어떤 사람에게는 나 자신도 모르는 사이에 염소과에 속해 있을 수 있다는 것을 한번 생각해 봐야겠으며, 우리가 세상을 살아갈 때 어디에 가든지 염소 같은 사람은 하나씩 있다는 것을 염두에 두고 살아야겠다. (공감하는 좋은 글 중에서)

세상을 살아가면서 우리는 우리 자신을 잘 모르고 살고 있다. 우리가 양인지 아니면 염소에 속하는 사람인지 생각해 볼 필요가 있다.

때로는 나 자신도 모르는 사이에 다른 사람에게 염소와 같은 행동을 하고 있으면서도, 자신을 양이라고 생각하는 사람이 있기 때문이다.

내가 어떤 과에 속하는 사람인지 한번 생각해 볼 필요가 느껴지는 대목이다.

건강과 행복이 넘치는
인생 후반부 삶을 꿈꾸며

노후에 무서운 적은 노년사고(老年四苦)이며, 병고(病苦), 빈고(貧苦: 노년의 가난), 고독고(孤獨苦: 고독감), 무위고 (無爲苦: 할 일이 없다) 중 어느 하나에도 해당하지 않는다면 그는 정말 축복받은 사람입니다.

그러나 이 네 가지 모두를 피하기는 쉽지 않습니다. 우아하 게 늙는 것은 노인들이 바라는 희망입니다.

이러한 때 "이룬 일이 없어도 살아 있기만 해도 좋은 것이니 약해지지 말라."라고 한 '시바다도요'의 시(詩)는 노인들에게 큰 용기를 줍니다. 노년의 긴 인생 여정에 희망을 주는 글입 니다.

나이 들수록 삶의 목표와 꿈이 있어야 합니다. 여기에는 최 소한 기대하는 마음과 같은 것도 포함됩니다.

예를 들어 주말에 좋아하는 취미활동을 하거나 누구를 만난 다든지, 여행을 계획한다든지, 연속 드라마를 시청하는 등, 무언가 기대감 또는 이루고 싶은 꿈이 있을 때 삶은 좀 더 풍요로워지고 활력이 생기는 법입니다.

이 나이에 무얼 하느냐며 아무것도 하지 않고 매일 단조로운 생활을 반복한다면, 생활에 변화가 없게 되며 활동량이 부족하여 더욱 빨리 늙게 되고 삶이 건조해지며 그 질도 떨어지게 마련입니다.

우리 모두 남은 후반부 삶을 각자의 철학에 맞게 꿈을 잃지 말고 하루하루가 보람된 삶이 될 수 있도록 빛나는 지혜를 발휘해야 할 때입니다.

인생사 공수래 공수거(人生事 空手來 公手去).

인생은 빈손으로 왔다가 빈손으로 가는 것.

이 책을 읽으신 독자 여러분의 삶이 마지막 그날까지 다시 돌아올 수 없는 이 순간들을 알차게 만들어, 가장 멋진 오늘을 만들고 새로운 내일을 꿈꾸며 건강과 행복이 넘치는 인생 후반부 삶을 즐기기 바랍니다.

인생에는 연장전이 없습니다.

하루하루가 처음이고 마지막입니다. 오늘 최선을 다해야 하는 이유가 여기에 있습니다. 육체보다 마음이 녹슬지 않도록 노력하며 사는 것이 장수의 비결입니다.

 "어제는 역사고, 내일은 알 수 없고, 오늘은 선물이다(Yesterday is history, tomorrow is mystery, today is gift)."라고 한 미국 루즈벨트 대통령 부인 엘리노 여사의 말처럼, 선물인 오늘을 잘 보내는 것은 우리가 살아야 하는 이유이며 미션입니다. 하루가 즐거우면 남은 인생이 즐겁습니다.

 이 책을 읽으시고 행복한 후반부 인생 설계를 위해 방향을 정하셨나요? 후반부 인생을 멋지게 살려고 노력하는 우리 모두를 위하여 "파이팅"입니다.
 끝까지 본 졸저를 읽어 주신 여러분께 깊은 감사드리며, 건강하고 행복한 후반부 인생을 멋지고 보람되게 살아가시기를 간절히 기도드립니다. 감사합니다.

이병국(李淨泉) 스테파노

참고 자료

- 김성제, 『종교 브랜드 시대』, 지필미디어

- 차동엽, 『무지개 원리』, 도서출판 동이

- 차동엽, 『통하는 기도』, 위즈앤비즈

- 에마누엘 스베덴보리, 『스베덴보리의 위대한 선물』, 스베덴보리 연구회, 다산북스

- 이시형, 『행복한 독종』, 리더스북

- 지미카터, 김은령 옮김, 『나이 드는 것의 미덕』, 이끌리오

- 이신화, 『하루에 3분이면 행복이 보인다』, 도서출판 씨앤지

- 이성원, 『행복한 산책』, 픽셀하우스

- 김창희, 『가장 확실한 노후 대비』, 아름다운사회

- 임마뉴엘 페스트 라이쉬, 『인생은 속도가 아니라 방향이다』, 북이십일

- 곤도마코토, 홍성민 옮김, 『암에 걸리지 않고 장수하는 30가지 습관』, 더난콘텐츠그룹

- 와다히데키, 김동연 옮김 , 『80세의 벽』, 한스미디어

- ㈜한국전례원, 『1급예절지도사 심화과정 경조 단자 및 봉투 쓰기』

- 하이시 가오리, 김나은 옮김, 『명의가 알려 주는 '음주의 과학'』, 시그마북스

- 쑹훙빙, 차혜정 옮김, 『화폐전쟁』, RHK

- 이정욱, 『반만 버려도 행복하다』, 동아일보사

- 사라베이크웰, 김유신 옮김, 『어떻게 살 것인가(프랑스 정신의 아버지 몽테뉴의 인생에 관한 20가지 대답)』, 책읽는수요일

- 이채윤, 『성공한 사람들의 자기관리법칙 1·2·3』, 도서출판 바움

- 사이쇼히로시, 최현숙 옮김, 『아침형인간』, 한스미디어

- 혜인 스님, 『원력』, 클리어마인드

- 지광 스님, 『정진』, 랜덤하우스코리아

- 곤도마코도, 홍성민 옮김, 『암에 걸리지 않고 장수하는 30가지 습관』, 더난출판

- 나루케 마코도, 홍성민 옮김, 『책 열 권을 동시에 읽어라』, 뜨인돌

- 베르너 터키 퀴스텐 마허, 로타르 J. 자이베르트, 유혜자 옮김, 『단순하게 살아라』, 김영사

- 짐코리건, 권오열 옮김, 『스티브잡스 이야기』, 명진출판

- 매일경제국제부, 한중경제포럼, 대외경제정책연구원, 『차이나쇼크』, 매일경제신문사

- 반재원, 『단군과 교웅』, 도서출판 한배달

- 이충렬, 『김대건 조선 첫 사제』, 김영사

- 김성오, 『육일 약국 갑시다』, 21세기북스

- 전기보, 『은퇴 후, 40년 어떻게 살것인가』, 미래지식

- 임재홍, 『100세 시대 은퇴자의 꿈』, 도서출판 행복에너지

- 존 토드, 박종규 편역, 『5분으로 나를 바꾸는 66가지 습관』,
  기원전

- 민용자, 이성원, 『미농의 수다, 고모노통신』, 선우미디어

- 성경, 한국천주교주교회의(구약 46권, 신약 27권) 한국천주
  교 중앙협의회

- 정월기 프란치스코 주임신부, 〈주님 사랑해요 4〉, 천주교서
  울대교구 광장동성당

- 문답식 '가톨릭교리', 천주교 방배4동성당(원죄 없으신 잉태
  성당)

- 중앙대학교 김누리 교수, 〈교육혁명 제안 특별 강연〉